novum pocket

Nicole Prosser

Dragon Changers

In der Welt von Eis und Feuer

novum 🙧 pocket

Bibliografische Information
der Deutschen Nationalbibliothek:

Die Deutsche Nationalbibliothek
verzeichnet diese Publikation in der
Deutschen Nationalbibliografie.
Detaillierte bibliografische Daten
sind im Internet über
http://www.d-nb.de abrufbar.

Alle Rechte der Verbreitung, auch
durch Film, Funk und Fernsehen, fotomechanische Wiedergabe, Tonträger, elektronische
Datenträger und auszugsweisen
Nachdruck, sind vorbehalten.

Gedruckt in der Europäischen Union
auf umweltfreundlichem, chlor- und
säurefrei gebleichtem Papier.

© 2023 novum Verlag

ISBN 978-3-903382-12-1
Umschlagfoto:
Daniel Eskridge | Dreamstime.com
Umschlaggestaltung, Layout & Satz:
novum Verlag
Innenabbildungen:
S. 86 © www.pixabay.com,
S. 99 © Nicole Prosser
Autorenfoto: Nicole Prosser

Die von der Autorin zur Verfügung
gestellten Abbildungen wurden in
der bestmöglichen Qualität gedruckt.

www.novumverlag.com

Inhaltsverzeichnis

Kapitel 1 7

Kapitel 2
Wind-Eis Vereinigung 24

Kapitel 3
Feuer sah in die Augen der Flamme 28

Kapitel 4
Wind gegen Wind 33

Kapitel 5
Die Draußenweltlerin 37

Kapitel 6
Die allwissende Göttin 45

Kapitel 7
Die Entscheidung 58

Kapitel 8
Khyona 67

Kapitel 9
Das Spital in Khyona 73

Kapitel 10
Die Reise nach der Erschöpfung 80

Kapitel 11
Die vergebliche Suche 86

Kapitel 12
Verfolgt 107

Kapitel 13
Asteroiden 111

Zu dem Buch Dragon Changers 114

Kapitel 1

Nuvays Magen knurrte laut. Ängstlich schaute ich aus dem Versteck und sah, dass die Eiswölfe uns entdeckt hatten.
„Nuvay! Da sind die Eiswölfe, wir müssen verschwinden!", schrie ich.
Nuvay zitterte und klammerte sich fester an die Ziegel.
„Komm jetzt! Du weißt doch, dass sie alle Straßenkinder bis zum Fest einfangen wollen."
Die schwarzen Uniformen der Eiswölfe glitzerten bedrohlich in der Dämmerung. Ich hörte die schallenden Geräusche der Wolfspfoten auf den Pflastersteinen. Ich zog Nuvay an ihrem Kleid Richtung Kisten. Zum Glück standen sie noch dort, wo sie sie gestapelt hatten. Sonst hätte ich keine Chance gehabt, meine Schwester hier runterzubekommen. Ich hörte das immer lauter werdende Knurren der Wölfe. Ich sah wie meine Schwester loslief, doch dann stolperte ich über einen Ziegel. Die bedrohlichen glitzernden Augen der Eiswölfe waren bereits ganz nah. Ich hatte nur eine Wahl, und zwar auf das Vlies zu springen.
Die Magie der Eiswölfe war tatsächlich so stark wie man es sich erzählte. Sie konnten mit ihrer Eismagie Waffen herstellen und alle möglichen Gegenstände mit Eis umformen. Der weiße Eiswolf sprang auf mich zu und seine Krallen wurden plötzlich von Eis verlängert, sodass sie mich streiften.
Zum Glück nahm das Vlies mehr Schaden als ich selbst. Das Vlies stürzte ab.

Ich sah in Zeitlupe wie ein blauer Magiekreis mit weißem Schimmer unter den Eiswölfen entstand, die Magie mich auffing und herunterrutschen ließ, ohne mich zu verletzen. In voller Geschwindigkeit versuchte ich mich aufzurichten und schaffte es, mich mit einem Fuß abzustützen und landete auf dem Rücken eines grauen Eiswolfes. Heißer Wind flog an meinen Ohren vorbei. Ich sprang vom Rücken des Eiswolfes. Der Wind trug mich weiter als ich es für möglich gehalten hätte. Ein lauter Aufprall ertönte bei meiner Landung.

Ich lief meiner Schwester hinterher, die fast schon hinter der nächsten Ecke verschwunden war. Wieso sprintete Nuvay nach Westen? Zum Marktplatz ging es doch nach Osten.

„Nuvay! Das ist die falsche Richtung!" Nuvay reagierte nicht, „Kaleb! Schau, da ist die Hauptstraße!", rief Nuvay.

Ich rannte ihr schnell hinterher, aber ich konnte nicht mehr.

Als ich durch die Gasse sprintete, sah ich, dass die Eiswölfe sich in Menschen verwandeln konnten.

Nuvay rief: „Kaleb, schnell! Hier her!"

Nun war ich bei ihr und erkannte Nuvays Problem. Als ich mich vorbeugte, um in die Drachenschlucht hineinzuschauen, sah ich schon den ersten hell leuchtenden Drachen, der zu mir hinaufflog.

„Mach deine Augen zu." Ich legte schnell meine Hand auf die Augen meiner Schwester.

„Aua, Kaleb. Das tut weh."

„Nuvay, das sind Lichtdrachen. Ihre Spezialität ist, Menschen zu blenden und sie dann aus dem Hinterhalt anzugreifen. Von dem Blenden kann man blind werden."

Ich merkte auf einmal, wie mir sehr heiß wurde. Es kam mir so vor als würde die Welt schrumpfen. Plötzlich wuchsen aus meinen Händen riesige Krallen. Als ich an mir heruntersah, bemerkte ich, dass ich mich in einen Drachen verwandelt hatte. Ich spürte ein Gewicht. Es war kaum wahrzunehmen. Als ich meinen Kopf umdrehte, sah ich Nuvay auf meinem Rücken. Ihr Gesicht war voller Angst.

Es kam ein gigantischer Lichtstrahl auf uns zu. Hoffentlich hatte Nuvay die Augen geschlossen. Ich hörte eine Stimme in meinem Kopf, die ich noch nie zuvor gehört hatte. Der Lichtdrache sah mir direkt in die Augen.

„Was wollt ihr hier überhaupt?" Schon wieder war da die Stimme.

Das Sprichwort, Drachen können andere Drachenaugen nicht blind werden lassen, schien wahr zu sein.

„Wir sind hier nur zufällig vorbeigekommen. Wir mussten vor den Eiswölfen fliehen", erklärte ich, doch dann bemerkte ich plötzlich, dass sich mein Maul gar nicht bewegte.

Das konnte nur eines sein: Telepathie.

„Nun, dann bist du keine Bedrohung."

Ich war sehr erschöpft und fiel in meine Menschengestalt zurück. Jetzt nachdem die Bedrohung vorbei war, fiel mir erst auf, wie atemberaubend die Aussicht von dem Hügel war. Ich betrachtete Dragonskar und bemerkte Ritter, die auf Drachen ritten.

„Was geht hier eigentlich vor sich?" Nuvay rüttelte mich an der Schulter.

„Aus irgendeinem Grund kann ich mich in einen Feuerdrachen verwandeln. Ich weiß auch nicht warum, aber so ein Glück, dass wir dem Drachen so entkommen konnten." Ich sah meine Schwester an.

Nuvay sagte: „Ich will auch mal so einen Drachen haben."

„Das wäre aber sehr riskant. Was planst du?"

„Ich denke, wir sollten es riskieren, einen Drachen zu kaufen. Mit dem könnten wir uns auch besser verteidigen." Nuvay wirkte fest entschlossen.

„Wenn du meinst. Welche Rasse willst du?"

„Einen Eisdrachen."

„Okay, dann mal los."

Während ich den Berghang hinabkletterte, sah ich, wie Nuvay in einem kleinen Fluss Fische fing.

Nachdem wir in der Stadt angekommen waren, rief ich: „Nuvay! Was machst du denn da?"

„Ich versuche gerade fünf seltene Fische für 1590 Takishants oder Dragonklimps zu verkaufen."

Ich hörte in Nuvays Gedanken, wie sehr sie sich darüber freue, Dragonklimps bekommen zu haben.

Ich sagte sofort: „Kaufen wir uns doch einen Drachen damit, einverstanden?"

Nuvay lief zu mir. „Ja, klar!"

Nuvay und ich gingen zu dieser schwarz-goldenen Ritterburg.

Nuvay läutete an der Glocke, damit die Ritter wussten, dass wir hier waren. Danach ging das Burgtor langsam auf.

Plötzlich stand ein Ritter neben uns und fragte höflich: „Was wollt ihr hier? Einen Drachen kaufen, ein Verbrechen melden oder ein Ritter werden?"

Dieses Mal antwortete Nuvay: „Wir sind hier, um einen Drachen zu kaufen. Habt ihr einen weiß-silbernen Drachen? Das höchste, das ich bieten kann, sind 1300

Dragonklimps für den Drachen und 290 Dragonklimps für Futter, einen passenden Sattel für zwei Personen und Zaumzeug."

„Ja, wir haben einen Drachen, der euren Wünschen entspricht. Und das alles zu dem gebotenen Preis. Wollt ihr euch ihn und den Sattel mal ansehen?", fragte der freundliche Ritter.

„Ja, gerne! Wir nehmen die Sachen aber sowieso", antwortete Nuvay.

Endlich gingen sie in die Burg. Als Nuvay und ich den Drachen mit dem gewünschten Sattel sahen, war es ein himmlischer Moment für uns beide. Erstens, weil der Drache mega süß war und zweitens, weil alles genau so war, wie wir es uns vorgestellt hatten.

„Der sieht ja wunderschön aus!", riefen ich und Nuvay wie aus einem Mund.

„Hier ist der ausgemachte Betrag!" Der Ritter nahm das Geld an und gab den Drachen mit allem Drum und Dran her.

Nuvay und auch ich kletterten auf den Drachen, setzten uns in seinen Nacken und flogen in die Luft.

„Wie himmlisch! Durch die weichen Wolken zu fliegen ist wie ein Traum. Ein Traum, den sich nur wenige erfüllen können. Und das nicht mit irgendeinem Heißluftballon! Das geht nur mit einem Drachen!" Mein Herz pochte voller Freude.

Nuvay kommunizierte mit dem Drachen in Gedankensprache: „Danke, dieser Flug war wunderbar." Dann fragte sie mich: „Was hat der Drache geantwortet?"

„Sie hat es gern getan."

Als der Drache landete, spürten sie beim Absteigen zum ersten Mal ihre weichen Schuppen. Denn davor waren sie zu aufgeregt und hatten diese nicht einmal bemerkt.

Kaleb stand wie verzaubert vor dem Drachen und konnte gar nicht mehr aufhören, in ihre Augen zu starren.

„Hallo! Kaleb, ich habe einen Namen für sie!", sagte Nuvay genervt und riss mich aus meinen Gedanken.

„Und der wäre?", fragte ich sie.

„Drifa", sagte Nuvay voller Stolz.

Ich fand den Namen gut und sagte: „Das ist ein sehr schöner Name! Drache, ab jetzt meinen wir dich, wenn wir Drifa sagen."

Ich sagte Nuvay nicht, dass Drifa der wahre Name des Drachen war, um Nuvay nicht zu kränken.

„Ja, ich weiß! Tu nicht so als wäre ich dumm! Ich verstehe dich klar und deutlich! Und ja, ich kann sprechen!", sagte das Drachenweibchen leicht erzürnt.

Nuvay war sichtlich überrumpelt. „Du kannst was?!"

„Natürlich kann ich da ..."

„Nuvay!", unterbrach ich die beiden „Irgendwann später gehen wir in diese Drachenschlucht, versprochen! Ich will dort zu 100 % hingehen!"

„Ähm, ja. Ich auch!" Ich war überglücklich, dass ich und meine Schwester gleicher Meinung waren.

„Machen wir einen Wettbewerb?", fragte Nuvay.

„Klar. Und welchen?"

„Einen Wettlauf."

Ich sah blöd aus der Wäsche, aber schließlich sagte ich: „Ja, bin dabei!" Nuvay gab das Startsignal: „Drei, zwei, eins, los geht's!"

Sie raste gleich zu Beginn mit voller Geschwindigkeit los, während ich für meinen Start etwas länger gebraucht hatte. Nuvay fiel auf die zweite Position zurück. Ich keuchte und mein Herz pochte wie wild. Ich war tatsächlich Erster, denn ich hatte das Ziel erreicht in fünf, vier, drei, zwei, eins! Plötzlich überholte Nuvay mich in letzter Sekunde, wie auch sonst immer. Normalerweise machte sie das schon in der fünften Sekunde.

Nachdem ich mir meine Niederlage eingestehen musste, fiel mir ein: „Ach ja, Drifa? Hast du eigentlich Freundinnen in der schwarzen Burg? Und kannst du dich auch in einen Menschen verwandeln?"

„Ich habe drei Freundinnen dort. Ich habe aber keine Ahnung, ob ich mich in einen Menschen verwandeln kann. Wir alle müssen noch zur Hedda-Prüfung. Du, Nuvay und ich müssen dort noch hin. Denn dort erfährt man, welche Fähigkeiten man hat." Drifa lag entspannt am Boden.

„Okay", sagte ich ein wenig enttäuscht.

„Kaleb! Los, laufen wir zu dieser Prüfung?", fragte Nuvay

„Ja, okay." Dieses Mal legte Kaleb einen guten Start hin.

Nuvay war sehr weit hinten, das hieß, sie lief nicht wirklich schnell. Da ich nur auf Nuvay geachtet hatte, stieß ich mit einem edel gekleideten Mann zusammen, der anscheinend deswegen wütend war und schrie: „Was machst du hier?! Hm?! Ich fetze dich gleich, Kollege!"

Dem Mann fielen 3000 Dragonklimps aus der Tasche. Wir schafften es, die Hälfte einzupacken, und die andere Hälfte hatte der Mann viel zu schnell eingesammelt. Er rief die Eiswölfe her, die sofort da waren.

„Vorsicht, wir müssen abhauen."

Nuvay und ich liefen so schnell wie möglich zur Hedda-Prüfung, denn dort durfte uns niemand stören.

Als ich endlich da war, verwandelte ich mich in einen Drachen, das hatte ich vollkommen vergessen! Das konnte nur Schlechtes heißen! Und meine Schwester? Nein!

In einen Eiswolf! Sie wird dort hingebracht, in diese Ulfar Akademie, während ich von den Wölfen gejagt werde. Die Ulfar Akademie ist eine Schule, in die nur Eiswölfe gehen und dort werden sie auch ausgebildet, um Drachen zu jagen. Falls ihr das noch nicht mitbekommen habt: Eiswölfe sind Feinde von Drachen und umgekehrt. Ja, früher waren sie Freunde.

Ein Drache hatte im Jahr 2030 einen Eiswolf getötet, die sich gegenseitig liebten. Diese zwei schworen der Welt, sie würden sich niemals töten, denn sie wollten Frieden, doch dann ... gleich, nachdem sie zwei kleine Kinder hatten und ins Waisenhaus brachten, starb die Mutter durch den Eiswolf. Und so entstand ewiger Hass zwischen Eiswölfen und Drachen ... Zumindest stand diese Geschichte so in einem Buch, das ich früher mal gelesen hatte. (Satzbau) Ich verwandelte mich in einen Menschen und Nuvay auch.

„Drifa, hilf uns bitte!", rief ich in Gedankensprache, wie immer, wenn ich mich mit Drifa unterhielt.

Plötzlich hörte ich ein starkes Flügelschlagen, das so stark war, dass es (falsches Wort hier) sogar meine Haare durcheinanderbrachte. Drifa vereiste fast alle und nahm mich und Nuvay in die Klauen. „Lass niemals 16-jährige Kinder rumlaufen", lachte Drifa laut.

Als ich von Drifas Rücken runter sah, sah ich, dass Anders (falschen Namen) ein jämmerlicher Eiswolf geworden ist so wie Nuvay, (Er/sie/es) und Rayna ein Feuerdrache, genauso wie ich. Somit kreuzten sich die Wege wohl wirklich mit Anders und Rayna. Für Nuvay war das schon immer so gewesen: Eifersucht an den angeblichen Landesretter, da sie die verdammten Böen (Erklärung nötig) repariert haben! Ist das zu fassen? Und Nuvay sowie ich werden Loser genannt, obwohl wir fünf Drachen das Leben gerettet hatten, und jetzt auch noch Drifas Leben. Wäre sie nämlich nicht von uns gekauft worden, wäre sie getötet worden.

„Wenigstens muss ich jetzt nichts mehr mit diesem Möchtegern-Reparierer der Windböen zu tun haben." Nuvay schüttelte frustriert den Kopf.

„Ach ja, wenn du es schon erwähnst ... Wie war das mit den Windböen, und was ist das überhaupt?", fragte Drifa wie gewöhnlich in Menschensprache.

„Ich erzähle es dir, es war so:

Vor ca. fünf Jahren waren alle Straßenkinder in Gefahr vor Drachen und sämtlichen Tieren, denn sie griffen uns an, zwar nicht nur uns, sondern alle. Da die Windböen kaputt gegangen sind, wurden die magischen Kreaturen nicht länger ferngehalten und stürzten uns fast, aber dann hatten wir vier es geschafft sie zu reparieren. Aber die zwei, Rayna und Anders, stahlen uns die Aufmerksamkeit und wurden nicht mehr als Straßenkinder angesehen und somit nicht mehr gejagt. Das war echt bitter, da wir es ja gemeinsam geschafft hatten, nicht nur die zwei." Nuvay war schon rot vor Wut.

„Und seitdem hassen sich Nuvay, Rayna und Anders über alles. Na ja ich auch, aber ich habe es ihnen verziehen. Das muss man ja auch können." Ich lächelte bitter. „Aber mal was anderes, ich finde es absolut nicht gerecht, dass alle Drachen bis auf die Feuerdrachen als unnütz bezeichnet werden. Ich liebe alle Drachen genauso sehr wie die Feuerdrachen und finde, dass alle auf ihre eigene Art die tödlichsten Waffen haben!"

„Da hast du vollkommen recht! Jeder Drache hat eine Eigenschaft, die ihre Feinde töten kann. Nur beim Verbrennen denkt man gleich, dass es effektiver ist als alles andere", erklärte Drifa sehr überzeugend.

„Genau!" Nuvays Augen glänzten.

Als sie endlich da waren, auf einer einsamen Wiese mit ein wenig Getreide, landete Drifa mit zwei kräftigen Sturzflughieben.

„Drifa wir gehen ins Stammhaus. Falls wir wieder Hilfe brauchen wegen der Eiswölfe, rufen wir dich", sagte Nuvay. (Wörtliche Rede immer in einen neuen Absatz, wenn ein neuer Sprecher kommt.)

„Ähm ... Drifa? Warum hast du so viele Feinde?", fragte sie. „Alles, was ich weiß ist: Menschen, Trolle, Spuckflincke, die auch Trolle sind ..., mehr weiß ich nicht."

„Na ja ... Feuerdrachen wollten noch nie Freunde von uns werden und die Eisdrachen hassten mich heiß und innig, deshalb ließen sie mich allein, wo ich gefangen wurde. Trolle sind gemein, hinterlistig und wollen dich nur austricksen. Menschen wollten uns Eisdrachen auslöschen und alle anderen verfeindete Tiere von mir haben gute Gründe, mich zu hassen", sagte Drifa in einer angespannten Stimme.

Idee: Drifa sah links und rechts, es sah so aus als hätte sie Angst, dass uns jemand belauscht. Ich und Nuvay sind einzigartig wir können telepathisch miteinander kommunizieren, obwohl wir Gegenteile voneinander sind (Eiswolf, Feuerdrache)Aber wir können das aus einem bestimmten Grund: Wir gehören zu den seltenen Wandlern.

Ein Ritter kann das aber auch.

Drifa sagte so leise sie konnte: „Ihr zwei seid etwas Besonderes, Nuvay und Kaleb, ihr habt Namen der zwei

Monde. In Drachensprache Sonnenglut und Eissturm. **Die zwei Monde gab es schon vor fünf Millionen Jahren und sie sind seitdem die wichtigsten zwei Monde unserer Galaxie.** Stirbt eines der Kinder mit diesem Mondnamen, stirbt leider auch der Drache, wenn sich das Kind das wünscht, was meistens der Fall ist. Man konnte aber auch einem Drachen, den man liebt, oder auch nicht, das unendliche Leben geben. Na ja, das werdet ihr alles noch rausfinden." Ich verstand und nickte, doch Nuvay ... checkte gerade **nichts**. Drifa hat mal was von Dimensionstoren erzählt. Sie seien Lebewesen wie wir, aber mehr hat Drifa nicht gesagt, nicht mal mit meiner Aufforderung.

„Wolltet ihr nicht ein Haus mit einer Höhle kaufen, wo drei ausgewachsene Drachen reinpassen, die ungefähr doppelt so groß sind wie ich?" Drifa sah zu uns hinab.

***

Nuvay

„Ach ja! Fast vergessen: Danke Drifa!", bedankte ich mich anständig.

Wohin sollte ich sonst hingehen? Im Stammhaus wäre es angenehm kühl. Aber hier auf der Wiese ... War es viel zu heiß oder zu kalt. Ihr Herz fing an wie wild zu klopfen als ihr einfiel wie viel Gefahr sie aus dem Weg gehen mussten, was nicht so leicht war. Doch dann hörte ich schon das Eiswolfsgeknurre, das immer näherkam, wenn sich mein Gehör nicht täuschte!

Sie müssten sich so schnell wie möglich verstecken sonst war's das mit ihnen!, dachte ich.

„Drifa! Die Eiswölfe, verschwinde!", riefen ich und Kaleb wie aus der gleichen Gedankenzelle.

Drifa hatte es anscheinend schon früher bemerkt, denn sie hob mit kräftigen Flügelschlägen ab. Sie flog so hoch, dass selbst ich sie nicht mehr sehen konnte.

„Hier kann mich niemand treffen", dachte sich Drifa, als plötzlich ein Feuerpfeil in die feine Schuppenhaut eindrang. Das muss fürchterlich wehtun!

Drifa stürzte ab, das dürfen wir nicht zulassen!

„Oh verdammt! Was sollen wir jetzt tun?", fragte Kaleb verzweifelt.

Ich wusste was und dafür musste ich mich sofort verwandeln. Kaleb jedoch auch, und der schien es verstanden zu haben was ich und Drifa vorhatten. (Wird absichtlich nicht erklärt was sie vorhat.) Denn in diesem Moment konzentrierte Kaleb sich voll und ganz darauf, ein Drache zu werden. Das macht Kaleb aber höchstens in solchen Situationen, dachte ich. Da war Kaleb jetzt als Drache neben mir als Eiswolf. Ich rief: „Da ist ein Drache! Der scheint besser zu sein als der andere, los holen wir uns den!" Natürlich nur falsche Schadenfreude von Nuvay. Die Eiswölfe besprachen miteinander einen Plan.

„Lassen wir diesen Drachen in Ruhe abstürzen, für uns ist doch ein junger viel mehr wert", sagte der Anführer.

Ich lief Drifa in Menschengestalt hinterher. Das Geräusch eines Drachen, der am Boden abprallt, erklang soeben. Nun lag Drifa nutzlos und schmerzhaft am Boden und rief mir zu:

„Hilf mir! Bitte hilf mir! Du weißt doch wie empfindlich ich bin. Mir wird ... Zu heiß ... Bitte schnell Nuvay!"

„Na ja ... Die Hitze ist nicht so schlimm wie die Eiswölfe die in meine Richtung laufen!"

„Jaja ich bemühe mich ja schon. Versuch deine ganze Energie zu nehmen und im Notfall spuck Eis. Denn ich bin etwas langsamer als ein Rudel Wölfe", erklärte ich schnell. „Ja beeil dich trotzdem, denn wenn sie jetzt auf ..."
Ich unterbrach Drifa: „Wenn sie auf dich zulaufen, heißt es sie haben meinen Bruder schon den Rittern übergeben! Verdammt, na gut, ich verwandle mich ja schon in einen Eiswolf. Ich war sehr traurig, wenn ich daran denken musste das ich Kaleb und Drifa nicht selbst zurückkaufen konnte. Ich schwächelte ein wenig.

Die Eiswölfe waren leider schneller als ich und banden Drifa das Maul zu.

Ich weinte, war aber auch böse und hinterließ wenigstens einen schrillen kreischenden Schrei. „Nein! Lasst sie in Ruhe! Husch!"

Doch die Eiswölfe, die inzwischen in Menschengestalt waren, machten einfach weiter und ignorierten mich.

Jetzt waren sie fertig. Nein ... Drifa ... Verlass mich bitte nicht! Bitte, dachte ich.

Plötzlich war meine Wut stärker und größer geworden und schleuderte die Eiswölfe weg. „Wow ... Du hast also die Mondmagie Wind! Wieso ist mir das nie aufgefallen?", fragte sich Drifa begeistert. Ich hörte Drifa, aber ich konnte ihr einfach nicht antworten.

„Na, warum stellst du dich in den Weg, Kleines? Wir sind stärker als du, ob du nun Wind beherrschst oder nicht!", rief der Anführer voller Zorn.

„Ich lasse nicht zu, dass du mir oder meinen Freunden schadest! Du hast doch schon meinen Bruder! Was willst du noch?!", rief ich ihm entgegen. Tränen rannen an mir hinab. Der Anführer benutzte seine Magie, um mich zu versteinern. Was für ein mieser Trick! Doch

Nuvay durchschaute ihn und wusste, dass er das konnte. Sie kann zwar ihre Windmagie nicht gut beherrschen, doch wenn sie wütend ist, gehorcht der Wind. Sie ist eine Thordar und hat angeblich von allen Thordas die stärkste Windmagie. Aber warum? Die anderen können viel besser den Wind beherrschen als ich, laut Drifa.

Verdammt! Er hat es geschafft, mich zu versteinern und verschwand nun ... Drifa wurde in die Burg dieser Ritter gebracht.

„Ab heute werde ich jeden Tag nur noch üben bis ich die Windmagie beherrsche, denn wenn ich die stärkste Windmagierin bin, muss ich sie nur noch beherrschen und dann Drifa und ihren Bruder irgendwie mit meiner Magie helfen!", schwor ich mir.

Das wird zwar nicht einfach, jedoch glaube ich sehr daran. Ich könnte mit meiner jetzigen Windmagie-Kontrolle nur ein Puppentheater spielen.

***

„Ich wünschte ich könnte hier raus! Anders du Verräter! Wir waren Freunde und jetzt ...! Dass ich ein Drache bin und du ein Eiswolf, ist doch völlig egal!", sagte Kaleb zu Andras, den das, was Kaleb sagte, nicht interessierte. „Nuvay wird mich hier rausholen, das schwöre ich euch! Und wenn es das letzte ist, was sie für mich tut!"

„Ähm ... Hallo, ich bin auch noch hier!", sagte Drifa verärgert.

„Du wirst doch eh schnell verkauft! Oder?", schmunzelte ich sarkastisch.

„Jaja ... Gib doch einfach zu, dass du mich vergessen hast, Erdkriecher!" Drifa schüttelte ihren Drachenkopf.

„Drifa? Wenn wir schon beim Thema sind, welche Magie habe ich eigentlich? Nuvay hat ja Windmagie ... Und als ihr Bruder müsste ich doch auch wissen dürfen, welche ich habe!" Ich verschränkte die Arme.

„Na ja nur die Tochter erbt die Magie, der Sohn nichts, außer ihr seid pure Zwillinge. Um das zu sein, müsst ihr in der gleichen Sekunde und im gleichen Jahr, sowie Monat geboren worden sein."

Ich dachte, ich bekomme eine richtige Antwort, aber na ja sind ja nur drei einfache Fragen. Gleiche Sekunde. Ja, im gleichen Monat ja, und gleiches Jahr ... Also der 31.012031. Ja eigentlich waren wir pure Zwillinge.

„Ja ich bin ein purer Zwilling", sagte ich stolz.

„Dann beherrschst du auch Windmagie ... Nur halt die schwächste ... Aber da dich schon immer interessiert hat, wann die Drachen aufgetaucht sind: Es war vor etwa 20 Jahren, da haben die Drachen die Erde gefunden. Sie sind dorthin geflüchtet da sie auf der Flucht vom Galaxie-Drachen waren. Das war am 1.01.2030 ein Jahr bevor ihr gekommen seid. Ah, ... Du hast mich ja einmal gefragt: Wie alt werden Drachen? Drachen werden unendlich alt, außer der Besitzer sagt: ‚Drache komm mit mir!' oder man wird irgendwie getötet (Pfeile, Schwert, Lanze usw.) Na ja ich bin ... Warte ich hab's gleich ... 999 Jahre alt, ziemlich jung für einen Drachen."

Ich war überfordert von den ganzen Erklärungen von Drifa und trotzdem hatte ich eine Idee, die ich gleich Drifa sagte.

„Einen Versuch ist es wert." Sie spie Eis und ich schlug auf den Käfig, in dem wir gefangen waren, ein. Der Käfig zerfiel in kleine Stücke.

Andras lief als Eiswolf schnell weg, um Verstärkung zu holen. Drifa nahm mich auf ihren Rücken und versuchte den Ausgang zu finden, als 30 Eiswachen zu uns hochkamen.

„Wir müssen nach links!" Nun bogen wir nach links. Dort jedoch waren doppelt so viele Eiswachen als davor.

„Ergibt euch!", rief der Kommandant Shari Magnus Thordar. „Sonst muss ich euch mit Windmagie fesseln!"

„Wir geben nicht auf Thordar! Du verletzt außerdem, wenn du das machst, einen Thordar!", fauchte Drifa.

„Der soll ein Thordar sein? Das glaube ich nicht! Beweise es!", rief Shari Thordar.

Ich wurde böse auf den Thordar vor mir und bemerkte plötzlich etwas! Ich sah, dass nur sein Schnurrbart wackelte ... Verdammt! Der denkt doch bestimmt, ich verarsche ihn!

„Ähm ... Ich besitze die schwächste ..."

„Ah, wenn du der schwächste bist, wo ist dann deine Schwester? Denn wir werden ein Windduell machen, denn sie soll angeblich die stärkste Windmagie haben!"

„Shari du bist doch nur eifersüchtig, weil sie jetzt erste ist und du zweiter. Sie beherrscht außerdem die Windmagie noch nicht gut!", sagte eine bescheidene, aber unbekannte Stimme.

„Ist mir egal! Ich lasse euch gehen, seid ihr morgen mit ... Äh wie heißt sie noch mal ...? Ah, Nuvay. Wenn ihr mit Nuvay zurück seid lasse ich euch in Ruhe. Wenn jedoch nicht ... dann hole ich sie mit dem Jungen zurück, Drifa! Denn die Eiswölfe brauchen sowieso neue Aufträge!", schoss er mit einem, wie ich fand, unangenehmen Ton zurück.

***

Ich kann nicht zulassen, dass Nuvay und Kaleb was passiert!

„Okay, wir sind morgen Mittag mit Nuvay da" hörte ich mich selbst sagen.

„Das hoffe ich für euch. Wachen! Zurück auf eure Posten! Befehl erteilt: gehen lassen!", sagte Thordar. Er klang eisig und kaltherzig, aber auch wie ein Kommandant der Eiswache.

„Es wird schon langsam spät, wir müssen los! Tschüss!", sagte ich kalt, obwohl sie uns gehen ließen. Doch, bevor wir durchkamen, sagte der Ritter, der uns davor gefangen hatte: „Wollt ihr durch dieses Tor, so müsst ihr morgen eine tote Nuvitaub herbringen.

„Jaja, jetzt lass uns durch, sonst bist du gleich ganz eisig drauf!"

„Nur wenn ihr nicht kommt, würdet ihr das ..." Der Ritter fiel um als hätte ihn jemand K.O. geschlagen.

„Hey ihr da, wollte euch gerade retten kommen", sagte eine bekannte Stimme, die sich beim ungenauen Hinhören wie Nuvays Stimme anhörte.

„Ich rette euch, da man sich auf Eiswölfe nicht verlassen kann", sagte sie entschlossen.

Kapitel 2

Wind-Eis Vereinigung

Drifa

„Äh … Kenne ich dich? Bist du … Rayna?"

„Ja, du kennst mich, ich bin Rayna und rette Euch, ehrenwerte Feuerdrachen. Auf jeden Fall ist Nuvay ein Eiswolf und deshalb will ich euch nicht mehr mit ihr sehen. Wenn ihr es jedoch trotzdem macht, seid ihr *Verräter!*", schrie Rayna.

„Dann sind wir dass eben! Ein Feind mehr oder weniger ist bei dieser Menge kein Unterschied, aber nun, verschwinde Rayna, denn ich bin Drifa, der letzte Frost-Dragon kein Feuerdache wie du, Weib!",erwiderte ich.

„Willst du etwa meine Flammen abbekommen? Ja?! Okay!", fauchte Rayna.

„Ich habe zwar nicht gesagt, dass ich das will, aber soll es so sein. Ein Anfänger kann es niemals mit einer 999-jährigen Dame wie mir aufnehmen und noch dazu sind wir zu zweit!", fauchte ich.

„Sei der Frost auch dieses Mal mit mir!", beruhigte ich mich. „Ich werde dich wesentlich schneller vernichten, als du denkst, denn wie gesagt, du bekommst sehr viel Feuer ab, du ach so starke Frost-Drachin!"

Weil ich fast alles wusste, wurde ich manchmal die allwissende Göttin genannt. Ich konnte manchmal Sachen voraussehen aber nicht immer allem ausweichen. Deshalb war ich schon stark verbrannt und gleich würde ich komplett verbrennen.

„Lass sie in Ruhe! Leg dich doch mit mir an, dann würden wir uns ins Auge sehen! Feuer gegen Feuer! Wer gewinnt? Ich oder du?!", schrie Kaleb so laut er konnte.

Nuvay kam im perfekten Moment und erfasste die Lage sofort. „Wind und Eis, vereint euch! WINDEIS!"

Nun kam ein Windeissturm, der Rayna stark traf. „Und Rayna? Willst du dich mit uns verbünden oder willst du dein Ende?!", fragte Nuvay in der Hoffnung, dass sie die erste Option wählte.

„Niemals! Vielleicht, wenn ich 99999 Jahre alt wäre, da hätte ich keine Wahl und noch dazu wäre ich nicht hilfreich! Falls du es nicht wusstest: So ein Pech auch, dass du ein Wolf bist und keine Thordar! Sonst wärst du wie ein Drache nur eben ein Wolf!", fauchte Rayna schadenfroh.

„Dieser Windeissturm ist von mir! Ich bin Thordar Nummer 1, danke für diese kostenlose Info", sagte Nuvay sarkastisch.

„Du kleine miese Ratte! Ich werde Drifa verbrennen!"

„Das wagst du nicht! Wenn du das machst, dann werde ich dich verwindeisen!", fauchte Nuvay sie wütend an.

„Oh jetzt habe ich aber Angst! Hahahahaa! Ich bin das Gleichgewicht der Drachen! Sterbe ich, werden sie Rache nehmen und dein süßer Traum, dass Feuer und Eis sich vereinen, wird sich in Luft auflösen! HAAHHA-HAAHAHAHAHAAA!", lachte Rayna, denn alles lief so wie sie es geplant hatte.

***

„Das müssen wir verhindern! Es muss Frieden geben! Wie schwer es auch sei! Ob das wohl das letzte sein wird, was ich, Nuvay Thordar Vikanes, mache? Egal! Auch wenn, dann haben es die anderen schön!", dachte ich.

„Oh ... Seid ihr jetzt traurig, dass es keine Chance für euch gibt?!", fragte Rayna herablassend.

„Nein, wir überlegen nur gerade, was wir machen wollen: Dich vernichten oder mit dir Frieden schließen", antwortete Kaleb eisig.

„Gut, dann etwas heißeres bitte!", sagte Rayna zuckersüß. Das war eine typische Redensart der Feuerdrachen.

Drifas Augen färbten sich rot. Aber warum? Sie war doch ein Eisdrache, kein Feuerdrache!

„Tja ... Eure Gefährtin ist, so leid es mir auch für euch tut, jetzt auf meiner Seite! Das ist feurig! Sehr feurig sogar!", sagte Rayna schadenfroh.

„Du Biest! Wind, vertreibe, vereise dunkle Magie!"

Nun wurde Rayna hoch geschleudert und konnte sich gegen den Wind sowie das Eis nicht wehren.

Rayna schrie Zeitform: „Drifa, werde eisig, nicht feurig!"

Nun wurden Drifas Augen wieder kühl und normal.

„G ... S ... D!", rief Kaleb erleichtert.

„Gott sei Dank!", übersetzte ich.

Als Rayna mit entschlossenen jedoch auch sehr schwachen Flügelschlägen landete, tat sie das elegant trotz der Schwäche. Als Eis auf sie zuflog, wich Rayna geschickt aus.

„Was wollt ihr noch? Ihr könntet flüchten, bis ich lande!", fauchte Rayna mit einem Funken Angst.

Na toll, ... Warum sind wir nicht verschwunden? Das war die Chance ... oder auch nicht. Rayna begann zu stottern: „ Ah ... Äh ... Hey ... Machen wir nicht lieber einen Vertrag? Wir schließen Frieden für ... Äh ... Zwei

Monate!? Also drei Tage ist es schon her, dass ihr euch in einen Drachen/Wolf verwandelt habt. Aber ihr dürft keinen Mucks von dem Vertrag sagen, verstanden?!", schärfte sie uns ein.

„Klar, aber hilfst du uns auch?", fragte ich mit meiner süßesten Stimme. „Ein Haus und eine Höhle, in die etwa 30 ausgewachsene Drachen reinpassen."

„Ja, okay, bei der Höhle helfe ich euch. Das würde drei Wochen dauern. Wenn ihr in der Patsche seid, helfe ich euch auch, innerhalb der zwei Monate", sagte Rayna nun honigsüß, sodass ich komischerweise Gusto auf Honig bekam.

Rayna hoffte wahrscheinlich inständig, dass sie kein Feuerdrache hörte, doch vergeblich ... 10 Feuereulen flogen durch den Himmel, danach 100 ausgewachsene Feuerdrachen, die, von der Hauptstadt gesehen, fast den ganzen Himmel bedeckten.

Kapitel 3

Feuer sah in die Augen der Flamme

Rayna

Rayna hörte eine bekannte Stimme in ihrem Kopf. „Verräterin! Du bist eine Verräterin der ganzen Firefeuerglockfölk!"

„Nein! Das versteht ihr komplett falsch!", sagte Rayna völlig zwecklos.

„Ob es nun ein Missverständnis war oder nicht, interessiert uns nicht. Es war trotzdem ein Verrat!"

Nun sprang Nuvay ein: „Wir haben sie gezwungen, uns zu helfen! Schließ ... !"

Ich unterbrach Nuvay. „Nein, es ist okay, wenn ich nicht zu ihnen gehöre ... wirklich! Ich wollte nur ein gutes Beispiel für alle sein, doch Nuvay, Kaleb und Drifa brauchen mich viel mehr. Ich gehöre einfach zu ihnen! Bei euch, den Feuerdrachen, hatte ich keine Rechte. Hier sind meine Freunde. Und ihr wolltet, dass ich sie bekämpfe? Also eigentlich legt ihr gar keinen Wert auf mich und meine Freunde! Ich bin nicht mehr dabei! Tschao mao!"

Ich merkte, dass ich meine guten Freunde verraten hatte, als ich zum Feuerdrachenvolk gegangen war. Von diesen wurde ich die ganze Zeit nur ausgenutzt. Deshalb hatte ich mich nun entschieden, bei meinen Kindheitsfreunden, Nuvay und Kaleb, zu bleiben, die mich nie ausgenutzt hatten. Die Feuerdrachen hatten verstanden, was ich sagen wollte und schienen mir nicht mehr zuhören zu wollen, denn auch die letzten flogen nun zu den anderen zurück.

„W ... War das eine gute Entscheidung?", fragte ich ängstlich.

„Ja ... Ja, das war es", sagte Nuvay.

Und mit einem Wimpernschlag wurde ich so glücklich, dass ich strahlte, wie die Sterne in der finsteren Nacht.

„Wenn die Höhle fertig ist, dann darfst du dort nächtigen. Wenn das Haus fertig ist, kriegst du ein eigenes Zimmer. Was du willst. Zum Beispiel im Sommer draußen, wenn es etwas kühler ist und im Winter drinnen, wenn es dort wärmer ist", verkündete Nuvay.

„Oh danke! Wirklich? Danke! Dann beeile ich mich doppelt so sehr mit dem Bauen!", rief ich begeistert und leuchtete doppelt so hell wie die Sterne.

„Es wird bald Nacht ... Warte mal Nuvay ... Weißt du überhaupt, was eine Nuvitaub ist?" Drifa schaute sie genau an.

„Äh ... Nö." Nuvay zuckte mit den Schultern.

„Also Nuvitaub sind Agra Vögel. Sie haben schwarzweiße Flügel sowie Körper. Doch die Augen sind rot." Drifas Augen glänzten, man könnte meinen, Sabber rann aus ihrem Maul hinaus.

„Ah sind das die Vögel, die diese Ritter Traunfugil getauft haben?", fragte Nuvay.

„Ja! Genau das sind sie Nuvay!", rief Kaleb.

Die hatte sie ja komplett vergessen. Traunfugils waren Biester. Sie hatten eine komische Aura. Wenn man nicht aufpasste, fraßen sie einen auf. Komische Vögel.

„Mein früherer Lieblingsort war das Bermudadreieck. Leider wurde ich von dort vertrieben."

„Meiner war das auch ..." Die Erinnerung an meine Vertreibung ließ mich frösteln. Umschreiben

„Menschen haben es nie dorthin geschafft. Helikopter und Flugzeuge, Schiffe und Boote versanken oder wurden von uns zerschmettert. Das ist heute Vergangenheit. Jetzt traut sich keiner der Drachen mehr hin. Na ja, außer die Feuerdrachen. Die Eisdrachen, die damals die Schiffe vereisten und die Wasserdrachen, die die Schiffe versinken ließen, sowie die Luftdrachen und alle anderen wurden von den Feuerdrachen vertrieben ..." erinnerte sich Drifa in.

Zuhause angekommen schliefen alle sofort auf der Wiese ein. Man konnte es Zuhause nennen, doch das war es nicht. Dennoch, sobald das Haus und die Höhle da sein werden, würde es das sein. War ich vielleicht müde.

Am nächsten Morgen war ich die letzte, die aufstand Nuvay war schon zum Schmeissler-Schmied gegangen, um ein Haus zu errichten, besser gesagt, die Erlaubnis zu bekommen sowie einen großen Teil eines Feldes zu kaufen und dann noch dazu ein Haus und eine Höhle. Ein Berg war ja da. Gleich neben dem Ort, wo wir schliefen ... Eigentlich von mir aus gesehen nur fünf Meter entfernt.

„Ich liebe die Drachengestalt sehr! Irgendwie vermisse ich die Menschengestalt nicht wirklich. Ich könnte mir nicht wirklich vorstellen in nächster Zeit zum Menschen zu werden ...", ging es mir durch den Kopf.

„Nuvay will ein Haus mit Möbeln drinnen errichten und das Grundstück soll 1900 Quadratmeter haben, ansonsten nimmt sie es nicht an", rief Kaleb mir zu.

Für fünf Minuten hatte ich einen Lachanfall.

„Huch? Ich habe ja richtig lange gelacht! Ich habe eigentlich seit ich zu den Feuerdrachen gekommen bin, nicht mehr gelacht! Das bedeutet ich gehöre nun wirklich hierher. Ich bereue die Entscheidung nicht", schoss es mir durch dem Kopf.

„**Thordar** ...! Magnus **Thordar** ...!", schnauzte Drifa.

Oje, ich spürte die Kälte, die Drifa bei dem Namen *Thordar* ausstieß. Das war mir zu kalt! Aber wirklich!

„Ich hol sie!", rief ich deshalb freiwillig.

Nun war ich da, beim Stammhaus, das Häuser verkaufte. Ich verwandelte mich schnell in einen Menschen.

So viele Menschen waren hier ... Uaah! „Passt doch auf wo ihr hintretet!", beschwerte ich mich und schüttelte den Kopf.

„Wie viel angenehmer das als Drache war!", beschwerte ich mich in Gedanken. „Macht Platz!", rief ich.

Nun hatte ich die Aufmerksamkeit von allen.

„Weg da!", zischte ich sie alle an.

Als die Leute nun zu mir sahen, prusteten alle los. „Schaut, schaut! Die Kleine da will uns auffordern, sie durchzulassen!", prustete der eine.

Der andere lachte nur blöd. Dachten sie, sie waren besser als ich?

„Lasst mich durch ich will zu meiner Freundin. Ich muss sie abholen!"

Jetzt prusteten sie wieder alle los. Verdammt!

„Die Kleine denkt wirklich, dass wir sie durchlassen, sie muss sich anstellen und ..." sagte ein dumm aussehender Mann in einem schwarzen Sakko.

„Jetzt reicht es mir! Ich bin nicht klein!", rief ich zornig.

„Verwandle mich! Verwandle mich! Hop verwandle mich!", dachte ich.

„Woah! Lasst sie durch schnell! Bevor uns der Drache noch etwas antut!", rief der, der davor noch blöd gelacht hatte.

Ich brach das Haus auf und Nuvay nickte mir zu. Das hieß so viel wie: Handelsvertrag besiegelt und nun lass mich auf deinen Rücken!

Kapitel 4

Wind gegen Wind

Nuvay

„Na endlich bist du da, Mädchen!", rief Thordar, mein Onkel, genervt.

„Na gut, dann zur Sache ... *Was wollt ihr?*", fragte ich Thordar, meinen Onkel streng.

„Haben dir das deine Freunde nicht gesagt?", fragte Thordar gereizt. „Einen Kampf zwischen Wind und Wind, besser gesagt, du gegen mich." Nun grinste er sein süffisantes Grinsen.

„Wie das Grinsen eines Teufels ...", schoss mir ein bisschen eingeschüchtert durch den Kopf.

„Nimmst du an? **Feigling**?", sprach Thordar gehässig,.

*„Ich bin kein **Feigling**! Deshalb nehme ich dieses Duell auch an!"*, zerschnitt ich die Luft zischend.

Er sagte nichts für 10 Sekunden.

Doch dann pfiff er. „Lasset den Windkampf beginnen!"

„Eis und Wind vereint eure Sünden und rächt euch an ihm! Lasset ihn leiden als Himmelsstrafe! Sky!", zischte ich den Spruch schnell.

Thordar bemerkte, dass ich diese Magie zu gut beherrschte. Er stutzte, nein ... er war versteinert vor Angst als er sie sah. Ich hatte einen „Skydragon" gerufen, die stärkste Rasse im Universum.

„Sky Dragons Judgment!", rief ich.

Ein goldener Drache erschien und spie Himmelsmagie. Ich allerdings tauchte hinter seinem Rücken wieder auf, setzte mich und ließ ihn Thordar halb umbringen. Doch nicht einmal dann gab er auf.

„Skydragon, deine Arbeit ist zu Ende. Du darfst wieder gehen, mein Süßer" flüsterte ich und zog ihn wieder in meine Magie. Ich plumpste auf den Boden.

„Thordar beende diesen Kampf! Wir wussten schon immer, welche Macht sie hat! Und du wolltest das nie akzeptieren!", sagte eine andere Thordar aus meiner Kindheit namens Meva.

Sie war eine Drachenfreundin, aber der Vulkanherrscher wahrscheinlich nicht. Er war so hitzköpfig und deshalb würden ihn die Drachen nicht mögen. Zumindest die Feuerdrachen auf gar keinen Fall. Er war vor langer Zeit auch einmal Herrscher von Dragonskar gewesen. Genaueres weiß ich aber nicht von ihm …

„Also … Ich will diesen Kampf sofort beenden. Sowas darf nicht noch mal passieren ansonsten, Kerker. Und noch etwas Thordar, beim nächsten Mal, glaube ich, sterben Sie sowieso, deshalb brauchen Sie den Kerker nicht zu befürchten. Denn das Himmelsurteil – oder besser gesagt der Sykdragon – war schnell da. Er wurde heraufbeschworen und danach wieder in ihre Seele gepackt … Endlich jemand, der ihn kontrollieren kann! Ich hatte befürchtet, dass die Welten, ohne jemanden, der ihn kontrolliert, untergehen werden!" Der Vulkanherrscher fuhr erschrocken zusammen. „Oh, Äh … Wie heißt du eigentlich?"

„Nuvay Viki Thordar", sagte ich.

Bevor ich das gesagt hatte, hatte ich etwas von dem Vulkanherrscher gehört, das hat sich so angehört wie: „Das war so unhöflich von mir! Wieso genau vor ihr?

Bin ich noch ganz bei Sinnen? Normalerweise bin ich gar nicht so."

Eine heiße Stimme riss mich aus den Gedanken: „Schön, dich kennenzulernen, Nuvay", sagte er so süß. „Ich bin Andrik."

Ich sah ihn verträumt an. Seine Augen waren so wunderschön, dass ich mich nicht mehr so schnell von diesem Anblick trennen konnte. *Das war **Liebe** auf den ersten Blick ...*

***

Andrik

Okay, hübsch ist sie schon, das muss ich zugeben. Aber auch, wenn es für mich die erste Liebe oder auch: Liebe auf den ersten Blick ist, bin ich in ihren Augen sicher nur ein dummer Hitzkopf! Ich stieß ein kleinlautes Räuspern aus.

„So, Nuvay, kommst du mal mit?", fragte ich würdevoll.

„Ja, klar", sagte sie schnell.

Der Drache, der sie begleitet hatte, sah nicht so aus als würde er wollen, dass Nuvay mit mir mitgeht. Oh nein, das war ja auch ein Feuerdrache! Ich zuckte merklich zusammen und erstarrte. Die Feuerdrachen verrieten mich doch, oder?

„Keine Angst Rayna, mir wird nichts passieren", sagte Nuvay beruhigend.

Ich konnte mich leider nicht aus der Erstarrung befreien, doch da antwortete Meva schon für mich: „Zu Kathela. Du weißt schon, der Vulkan ..."

„Na gut, auch wenn ich die Kathela nicht sonderlich mag, mit dir wird sie sicher umwerfend!", bestätigte Nuvay den Ausflug.

Endlich konnte ich wieder sprechen!

„Na ja, ich muss mich auch erst wieder mit der Kathela versöhnen, ich hatte nämlich unglaublich viel Angst vor ihr!", stieß ich kleinlaut hervor. „Na ja, das sagt ja genau der, der angeblich kein Herz hat! Hahahaha!", lachte Nuvay als wäre das, was ich davor gesagt hatte, ein lustiger Witz gewesen.

„Was? Woher hat man dieses Gerüchtchen?", fragte ich humorvoll.

„Das sagen alle über dich, doch ich finde dich sympathisch", erklärte Nuvay mir schnell.

„Warte du bist doch eine Draußenweltlerin!", rief ich geschockt.

Kapitel 5

Die Draußenweltlerin

Nuvay

„Ich weiß nichts davon! Woher sollte ich es auch wissen?", fragte ich Andrik.

„Man muss ins Tor kommen, um in eine andere Welt zu gelangen", erklärte Andrik.

Für mich war da nichts logisch! Mein Kopf musste das noch verarbeiten! Ah, jetzt machte es klick!

„Ah! Ich bin mit Rayna irgendwo in die schwarze Burg geflogen, wo es auch Tore gab. Besonders viele!", erklärte ich ihm stolz.

„Die schwarze Burg? Bist du dir sicher?", fragten Andrik und Meva wie aus einem Mund.

„Jup. 100 % sicher!", bestätigte ich noch stolzer.

„Kann es sein, dass du eine richtige Thordar bist, nicht so wie Magnus, der jetzt hinter dir am zweiten. Platz?", fragten Andrik und Meva nach Luft schnappend.

„Kann sein ... Deshalb ist er auch nicht hier ...", überlegte ich weiter.

Während wir noch nachdachten und redeten, waren wir schon auf dem Weg zur Kathela.

Ich glaubte, ich verstand Magnus jetzt, weil ich darüber schon einmal etwas im Internet gelesen hatte. Aber Andrik? Der kannte sich ja überhaupt nicht mit Laptops, Handys und allgemein Medien aus! Himmel! Wie sollte ich ihm das alles erklären? Meva kannte sich ja aus, aber Andrik ... Ich wollte es ihm einmal erklären, aber vielleicht war es besser so ... Sonst wäre Andrik nicht mehr Andrik! Es wäre doch besser er lebt einfach mit seinem Wissen und ich mit meinem. Am liebsten wäre ich ja hiergeblieben, aber man vergaß hier total das Zeitgefühl! Ich musste wieder zurück in meine Welt! So ... Konzentrieren ... Und jetzt mit der Kathela versöhnen ...

Ich formulierte in Gedanken einen Brief:

Kathela,
Andrik hat sich verändert, er hat nun ein Herz ... Ich liebe ihn. Und er ist ein wundervoller Mensch und auch Vulkanherrscher, und du bist ein wichtiger Vulkan für ihn. Er hat dir schon längst verziehen! Bitte tu das auch und übergib Andrik nun wieder die Macht deines Vulkans. Dann vergebe auch ich dir.
Nuvay Viki Thordar

Ich glaubte, Kathelas Stimme zu hören: „Ich horche auf dich ..."

Wir waren zufrieden und gingen ziellos irgendwohin. Andrik erzählte mir währenddessen, wie sehr ich ihm geholfen hatte und wie dankbar er mir war.

Wir gingen zu einem zauberhaften Häuschen mit einem Stall. „Warte mal", ging es mir durch den Kopf. „Soll das mein Haus sein, vielleicht auch irgendwann einmal mit Andrik?"

„Bingo! Das ist dein Haus!", präsentierte es mir Andrik.
„Ja aber ... D... W... D..." Es verschlug mir die Sprache. „Aber das ist doch eine Villa! Warum? Ich werde nicht lange hier sein und das alles wahrscheinlich vergessen!"

„Nein! Diese Welt wirst du nicht vergessen, Dummi! Da ist doch dein Lebenspartner, oder etwa nicht?", rief Meva.

Jaja, okay, diese Welt war traumhaft, aber was sollte ich danach auch tun? Zurück zu Rayna und zu Drifa?

„Gibt es hier Drachen?", fragte ich noch immer unter Schock.

„Ja, die gibt es, nur halt Dragon Changers und nicht die anderen normalen, das sind also Drachenwandler in eurer Sprache", antwortete Andrik.

Andrik zeigte mir die Villa von innen. Sie war ausgestattet mit unglaublich teuren Möbeln. Unfassbar!

„Stimmt es, dass ihr unsere Portale zur anderen Welten … verkauft, und sie manchmal sogar zerstört? Die Welt kann dann auch manchmal zu einer Virtual Reality werden oder? Gibt es dann nicht auch Administratoren, die die Welt beherrschen und darin Dinge bauen? Stimmt das?", riss mich Andrik aus meinen Gedanken.

Nun erinnerte sich Nuvay an die Portale in der schwarzen Burg, wo wirklich Preisschilder hingen.

„Könnte sein … Warum?", fragte ich verkrampft.

„Na ja, damit du uns hilfst? Und damit du schaust, wie viel es kostet und es dann vielleicht sogar kaufst. Wenn du die Administratorfähigkeit und so besitzt, wäre die Welt in sicheren Händen. Da bin ich mir sicher. Du hättest Systeme und die Macht des Administrators. Auf jeden Fall wäre es eine große Hilfe, wenn du das Portal abkaufst. Wäre ja eine Schande, wenn diese Welt den Untergang erleidet und ich, sowie alle anderen, sterben."

„Na klar würde ich das für euch machen, jedoch … Ein kleines oder gar großes Problem gibt es da noch … Das kostet ungefähr so viel wie eine Villa, glaub ich. So ca. sechs Milliarden Dragonklimps. Das ist schon *sehr* **teuer**!", verkündete ich zimperlich.

„Ich weiß, ich war schon mal in eurer Welt und schon sehr viel öfter an der Grenze. Es versteht sich ganz von selbst, dass dort alles teurer ist als hier. Hier hat die Villa 10 000 Goldensmif gekostet. Aber bei euch würde eine Villa 100 Millionen Dragonklimps kosten. In unserer Währung wären das 50 Millionen Goldensmif. Ich hätte aber eine Lösung wie wir das Ganze zusammenbekommen. Wenn alle ihre Goldensmifs zusammenlegen und so diese Welt beschützen. Das wäre die einzige Lösung, glaub ich." Andrik schaute mich erwartungsvoll an.

„Ich helfe euch gerne, gib das dann mir und ich kaufe es dann. Ich habe noch lange nicht genug für das Portal, aber wenn wir das nach deiner Methode machen, dann haben wir das sicher", sagte ich, zimperlich wegen dem Geld.

„Ich würde alles für die Sicherheit meiner Welt geben. Wirklich **alles**. Sogar *mein Leben*", verkündete Andrik.

Oh nein! Bitte nicht!

„Hast du schon alles?", fragte ich Andrik hektisch.

„Ja", sagte er schnell.

„Fast sogar zischend", ging es mir durch den Kopf.

„Dann gib mir mal alles. Ich muss sofort zurück zu meinem Drachen. Die hat sicher schon einen halben Herzinfarkt. Oder gar Todesangst ...", sagte ich besorgt. „Bitte schnell!"

Er übergab mir alles. Derer große Sack war sehr schwer. Weil wir ihn aber zu zehnt trugen, war es aushaltbar.

„So Nuvay, das sind 10 Millionen Goldensmifs, mehr habe ich nicht und die ganze Stadt auch nicht", sagte Andrik. „Willst du nicht bleiben?"

„Nein. Also eigentlich schon ... aber ich muss zurück. Ich komme aber wieder", hörte ich mich sagen.

„Gut, dann Tschüss", sagte Andrik traurig.

„Würden und können ist ein enormer Unterschied", zischte ich noch schnell.

Als ich nun wieder in der Nähe von Rayna war, hörte ich sie auch schon: „Geht es ihr gut? Oh Gott! So ein Sturkopf! Wenn ihr was passiert, bin ich in der Hölle!"

Ich brach in Tränen aus, es fühlte sich an als würde mein Herz zerreißen. Es tat sehr weh. Meine Kehle wurde zugeschnürt und meine Tränen wurden immer dickflüssiger. Nun schluchzte ich laut auf.

„Ich muss jetzt von Andrik weg ... Es tut ... So weh! Ich will nicht weg!" Ich musste ein lautes Schluchzen unterdrücken. Rayna nahm sie nun ins Maul und fluchte leise vor sich hin, da ich ihr Sorgen bereitet hatte. Doch dann sprach sie in Gedanken: „Segron Vendel grogol La Wendel."

Das klang als würde sie die Formel in Drachensprache aufsagen.

Gleichzeitig hörte es sich aber auch ein bisschen wie Latein an. Oder war das Französisch? Nein Italienisch oder?! Ich gab auf.

***

Kaleb

„Wo bleibt Nuvay? Sie sollte doch schon seit ein paar Tagen hier sein! Vielleicht ...", doch Kaleb sprach in Gedanken weiter „Vielleicht wollte sie dort bleiben, für immer?! Oh Gott! Ich mache mir zu viele Gedanken ..."

„Nuvay hat doch gerade sicher viel Spaß, ich gönne ihr das. „Konzentriere dich darauf, die Höhle auszugraben. Hopp! Wir wollen ja irgendwo schlafen, oder? Die Bauarbeiter bauen das, aber du machst wenigstens die Höhle!", sagte Drifa, die nun in Menschengestalt war.

„Nuvay bleibt fünf Wochen in der anderen Welt ... Sie hat nämlich ... noch was Wichtiges zu erledigen ..." Drifa. Sie stand in Menschengestalt vor mir, mit verschränkten Armen.

„Was?! So lange? Was macht sie dort? Feiert sie in der anderen Welt etwa ihren Geburtstag?! WARUM?!", heulte und jammerte ich.

„Ich glaube ich habe mich verhört. Sie hat ihren geliebten Lebenspartner dort gefunden!", rief Drifa zornig.

Nun kam ich mich vor als wäre ich der größte Vollidiot auf Erden. Nur ein Vollidiot kann so dumm sein, um sich solche Gedanken zu machen. Allein die Vorstellung, dass Nuvay jemand anderes wichtiger sein könnte, als ich! Etwas in mir glaubte das einfach nicht.

„Sie hat keinen Lebenspartner!", zischte ich.

Ach, warum bin ich so ein Idiot? Und das noch vor Drifa!

„Nun hör auf dich zu beschimpfen! Du bist zwar 17, aber es fühlt sich so an, als wärst du noch im Kindergarten!", zischte Drifa nun endgültig zornig.

Drifa ist nicht so leicht aus der Ruhe zu bringen, aber ich habe es wieder einmal geschafft ...

„Schlaf einfach Drifa, ich kann nichts dafür, dass ich so ein Idiot bin!", rief ich nun und legte mich ins Gras und versuchte Schlaf zu finden.

„Du bestimmst nichts!" Ihre Augen funkelten böse.

„Aber es ist wirklich spät, es ist 23 Uhr", sagte ich sehr überzeugend.

Ich schlief schon halb und hörte nur noch ein leises Wimmern von Drifa: „Ja ... Okay."

Ich träumte von einer allwissenden Göttin, die sehr süß aussah. Die Göttin hatte ein schwarzes Kleid und von Natur aus rosa Haare. Sie zeigte nach vorne und lächelte mich an.

„Perfekte Zeit um aufzustehen! Einkaufen!", weckte mich Drifa.

Nun verging die Zeit schnell. Ich frühstückte und ging dann los. Mensch! Der Traum war zu Ende! Menno! Der war so schön doch viel zu kurz! Ich ging entspannt durch die Straßen, bis ich ein Wimmern wahrnahm. Ich verfolgte dieses Wimmern. Nun sah ich, was dort geschah. Ein kleines Mädchen hielt verzweifelt ihre Handtasche fest, während ein paar Männer versuchten, ihr diese zu entreißen.

„Lasst mich", ertönte das Wimmern wieder.

Dieses Mädchen erinnerte mich an die Göttin in meinem Traum! Sie sehen gleich aus, denke ich! Ich muss ihr helfen! Sie hat mich doch erst angelächelt und nach vorne gezeigt.

„Lasst sie!", schrie ich die Männer an„Lasst dieses unschuldige Mädchen in Ruhe."

Nun hatte ich das Interesse der beiden Männer geweckt. „Kampf ist gleich Sieg", sagten die Männer dann.

Nun hätte ich doch das Schwert gebraucht, das Nuvay mir einst schenkte. Stattdessen zog ich einen Dolch heraus. Das war nicht fair.

„Hier soll es auch nicht fair sein. Wieso auch? Was ist die Bestrafung für sie? Nichts! Deshalb müssen sie auch nichts fair machen", schoss es mir durch den Kopf.

Nun flog Drifa her und half mit ihrem Eis, welches sie spie und damit die Männer vereiste. Dann flog sie auch schon wieder weg.

„Sie ging so schnell, wie sie gekommen ist", hörte ich das Mädchen sprechen.

Oha! So eine süße Stimme! „Mein Name ist Shiny", sagte sie.

„Freut mich, dich kennenzulernen. Weißt du wer bin ich?", fragte ich.

„Ein Drachenwandler und deine nächste Frage lautet wahrscheinlich: Wer ist dieses Mädchen?" „Ach bevor ich das beantworte, wie heißt du? Nur aus Höflichkeit, ich weiß es nämlich eh."

„Kaleb", sagte ich, „bist du allwissend?"

„So wie die aus meinem Traum, die war ja auch allwissend. Sie hatte auch regenbogenfarbige Augen. Wie die andere ... Als wären sie die gleiche Person ... Das sind sie auch.", schoss mir der Gedanke durch den Kopf.

„Sowie mich Shiny anschaut, denkt sie sich sicher, Was für ein Idiot!", stellte ich mir vor.

„Wen liebst du? Mich? Wie süß!"

Sie sah mich mit einem so süßen Gesicht an, wie ich es noch nie erlebt hatte.

Kapitel 6

Die allwissende Göttin

Shiny

Nun meldete sich dieser Drache namens Drifa: „So, wie heiße ich, Shiny?"

„Drifa, Drachenwandler", sagte ich gelangweilt.

Mehr musste ich auch nicht mehr sagen. Ich liebte Kaleb und er mich ebenfalls. Würde er mit dem Ganzen zurecht kommen? Nein ich wusste es besser: Er hatte das Gefühl, der größte Vollidiot von ganz Dragonskar zu sein. Oh Mann, er machte sich einfach viel zu viele Gedanken! Was sollten wir tun? Mir wurde langweilig… Hoffentlich stellte mir gleich je…

„Wann wird die Baustelle fertig sein?", fragte nun Kaleb.

„In zwei Tagen", antwortete ich schnell.

„Kommt der Weltuntergang? Wenn ja wann?", fragte Kaleb.

„Kommt der Weltuntergang? Wenn ja wann?"

„Kommt der Weltuntergang? Wenn ja wann?"

„Kommt der Weltuntergang? Wenn ja wann?"

„Kommt der Weltuntergang? Wenn ja wann?"

„Kommt der Weltuntergang? Wenn ja wann?"

„Kommt der Weltuntergang? Wenn ja wann?"

„Ok, es reicht! Heute! Deshalb genieße diesen schönen Tag!", zischte ich.

Ich wusste zwar, dass es nicht heute sein würde, aber er nervte mich einfach.

„Was? Heute? Drifa, bitte mach doch was!", rief Kaleb hektisch.

Drifa lachte.

„Was gibt es da zu lachen?", fragte Kaleb böse.

„Du glaubst ja auch al...", lachte Drifa.

Drifa bekam einen warnenden Blick und so schluckte sie ihr Lachen und ihre Worte herunter.

„Was? Glaubst du das noch immer nicht? Ich verlasse heute diese Welt", sagte der selbst ernannte Idiot.

„Okay ... Ich geb's ja zu! Ich habe übertrieben, aber das kommt eben davon, wenn du so nervst ... Die Welt geht nicht heute unter, der Weltuntergang steht noch nicht fest. Die Erde hält es noch unendlich lange aus. Aber nur, wenn sie auch weiterhin gut behandelt, wird: Man darf keinen Müll auf den Boden oder in Meere, Seen und Flüsse werfen und, keine Atomenergie verwenden und nicht übertrieben viel Strom. Natürlich auch nicht viel Öl."

„Also hast du gelogen", sagte er traurig.

„Ja, ich gebe es ja zu. Aber bleib bei mir", bat ich ihn – und fügte provokativ hinzu: „wenn nicht, dann gäbe es eh noch unendlich viele, die mich lieben!"

„Okay, ich bleibe, aber ich mag keine Lügen. Wenn du mir versprichst, nie wieder zu lügen, verspreche ich gleichzeitig, für immer bei dir zu sein", sagte Kaleb.

Wieso tanzten nun so viele Sternchen in seinen Augen?

„Okay, ich verspreche es." Die Welt drehte sich um uns. Es fühlte sich so an, als ob wir gemeinsam alles meistern könnten. Als ob wir fliegen könnten ...

„Wann kommt Nuvay?", fragte Kaleb ungeduldig „Ich will nämlich, dass sie heute noch vor Sonnenuntergang hier ist."

„Morgen", ich erstarrte, den plötzlich hatte ich eine Vision, „die Welt wird brennen und das für drei ganze

Jahre! Wir haben nur noch 30 Wochen Zeit, um dies zu verhindern!" Mein Kopf dröhnte, es fühlte sich an als würde er explodieren wollen.

„Äh ... Diesmal kein Scherz?", fragte Kaleb ungläubig.

„Ja, kein Scherz, die anderen Menschen sind in Sicherheit, da sie praktischerweise die Galaxie erkunden. Das ist komischerweise von allen die Praktik ... Aber ihr und eure Freunde nicht, oder?", fragte ich bewusst ruhig, um die anderen beiden zu beruhigen.

„Nein, wir nicht, aber wir können zu Nuvay. Sie hat eine neue Welt entdeckt", sagte Kaleb schon etwas ruhiger.

Die Bauarbeiter ruinierten die Stimmung. Sie hämmerten so laut gegen etwas. Wahrscheinlich Schrauben ... Wie kann man denn hier schlafen? Na ja, wenn man keine andere Wahl hatte, dann ging es schon irgendwie ...

„Was ist passiert?", fragte ich.

„Du bist eingeschlafen", sagte Kaleb.

Was?! Ich habe mich doch noch vorhin gefragt, wie man hier schlafen kann und dann ...?!

„Oh, das tut mir leid! Ich will euch nicht noch mehr Umstände machen. Ich gehe dann mal besser!", sagte ich hektisch und schämte mich ein bisschen.

Ich lief los.

„Wo soll ich hinlaufen? Das ist alles kompliziert. Ich habe ihn zwar gerettet, aber die Welt geht unter. Nur weil etwas Wichtiges gestohlen wurde!" Mein menschlicher Verstand war überfordert. Hoffentlich wusste mein göttlicher Verstand mehr.

Schließlich erkannte ich: Ich musste zu ihm gehen und mich ergeben, damit alle friedlich leben konnten. Es tat mir schrecklich leid, für Kaleb! Aber ich hatte keine andere Wahl, ich musste es tun! Da war sie ja schon, die Hackzentrale. Die wollten doch eh nur mich!

„Name?", sagte eine Stimme.

„Ich heiße Shiny. Lasst mich zum Chef, es ist wichtig!", sagte ich.

„Zum Chef geht's in den 2. Stock links, dort findest du ein Schild. Möge es eine wichtige Frage sein", sagte die Stimme gedehnt.

Ich lief die Treppen hinauf.

„Huch?", schnaufte ich „Das ... war echt weit für den 2. Stock!"

„Büro vom Hacker/Chef. Eintritt nur gestattet, indem man klopft", las ich.

„Jemand hier?", fragte ich.

„Ja, komm rein, Shiny", sagte er.

Wie unheimlich! Er hatte mich wirklich erwartet!, dachte ich mir. Nun ging ich durch die Türe und sah mich um.

„Alles schwarz-grau und Augen, die rot leuchteten. Die Augen eines Hackers ...", schoss es mir durch den Kopf.

„Was willst du Göttin? Unsere Welt verfluchen?", fragte der junge Hacker, der auch sehr süß aussah.

„Nein, diese Welt steht vor dem Untergang! Wegen Euch! Nicht wegen mir. Ihr habt etwas gestohlen, was nicht euch gehört. Ein Bild von einem Mädchen und seinem Vater. Dieses Bild existiert schon sehr lange! Es wurde aus dem Erdkern genommen. Kommt es jedoch in die falschen Hände, ist nicht nur Euch der Tod durch den Weltuntergang vorhergesehen, sondern allen auf diesem Planeten. Das weißt du genau, deshalb hast du es ja auch genommen, um mich zu locken.", antwortete ich scharfsinnig.

„Ah, du meinst das Bild vom Professor ... Aber warum soll die Welt deshalb untergehen?", tat er unwissend.

„Hast du nicht zugehört? Das wurde vom Erdkern genommen. Der Mann hat einen Teil des Erdkerns zum Bild gemacht. Kommt das also in die falschen Hände, ist der Weltuntergang vorhergesehen!", zischte ich.

„Na gut, wenn du willst, gebe ich dir das Bild, aber du musst mir alles beantworten und mit mir zusammenarbeiten, das wäre der Vorschlag, Göttin" er lächelte. Ich wollte abweisen doch dann ... Tausende von Personen und Tieren, die ich retten könnte, tauchten vor meinem inneren Auge auf.

„Mir bleibt nichts anderes übrig. Es ist mein Job als Göttin, diese Welt zu schützen, eben weil ich es vorhersehen kann", dachte ich. „Na gut, wenn du törichter Hacker das willst", lächelte ich sarkastisch.

Vor ihr stand der mächtigste Hacker auf der ganzen Erde, aber wie hieß er noch mal? Ach ja ... Crystal Sion. Ich wollte mir von Sion nichts sagen lassen, doch ich musste da durch, für meine Freunde. Ich konnte gar nicht glauben, was ich da sagte:

„Ja, ich beantworte deine Fragen, aber ich flehe dich an: Gib mir das Bild! Es ist doch nur ein Familienbild! Du hast ja eh schon erreicht was du beabsichtigt hast! Ich bin gekommen."

Er war eindeutig zufrieden, deshalb nickte er und überreichte mir das Familienbild, besser gesagt: Das Bild, das uns vor dem Untergang bewahren würde. Wenn es die falschen Leute sehen würden, wären die Götter sehr erzürnt.

Ich sprach zu den Göttern und den zukünftigen Göttern: „Sigurd, Thordar und für die Eiswölfe der Reißzahn. Hier das Bild. Tarunal Sigurd, Schlauter gota la na Elz u Reißzahn egurt. I dara lote darta go."

Das war so eine Art Friedensformel. Aber ehrlich gesagt wusste ich selbst nicht, was ich da gesprochen hatte, ich wusste nur, dass das eine Friedensformel ist. Was ich bis jetzt noch nicht bedacht hatte, war: Ich muss ihn jetzt für einen Monat mit Fragen dienen ...

Sion stellte nun seine erste Frage „Wo finde ich die stärkste Windmagierin?"

Dieser Hacker wollte Nuvay etwas antun, oder? Was wollte er von ihr? Aber leider musste ich ihn nun antworten ...

„Im Portal Khyona, also in einer anderen Welt, falls du zu faul bist zu denken." Ich wurde gemein.

***

Nuvay

„Andrik? Ach, egal ... Ich bin sowieso zu müde, um mit ihm zu sprechen", gähnte ich.

Ich wollte bei Andrik bleiben, doch er war wahrscheinlich schon nach Hause schlafen gegangen.

„Ich will doch nur kurz mit ihm spr...", und schon schlief ich beim Selbstgespräch ein.

Am nächsten Morgen wurde ich durch lauten Lärm geweckt. Es hämmerte und machte seltsame Geräusche.

„Könnt ihr nicht etwas leiser sein?!", schrie ich verärgert.

Als ich aus dem Fenster sah, bemerkte ich ein seltsames Wesen. Ich erkannte jedoch nicht, was oder welches Tier es war. Dann kam eine dunkle Gestalt auf das Tier zu – Andrik. Er wollte das Tier, oder was auch immer es war, wegbringen, doch es weigerte sich.

Plötzlich hörte ich Stimmen:

„Ich bin doch Rayna! Der Drache von Nuvay und bin sehr nett! Hört ihr mich nicht? Hallo!"

Ah ... Das war zweifellos Rayna ... Ich gähnte.

Eine zweite Stimme sagte: „Lassen Sie mich durch, ich will zu Thordar Nuvay."

Doch Andrik rührte sich nicht von der Stelle und ließ niemanden herein. Die eine Stimme gehörte Rayna, aber die andere kannte ich nicht. Oder etwa doch? War das etw... der Hacker, der mich durch die Kameras ausspioniert hatte?!

„Und mein Kindheitsfreund ...? Der Hacker ist mein Kindheitsfreund ... Aber wieso ist er dann hier?", dachte ich nun.

Ich beugte mich ein bisschen aus dem Fenster und sah dem Hacker in die Augen. Er war es wirklich! Crystal Sion! Woher wusste er wo ich war?! Wer hatte mich verraten und wieso? Das waren Fragen, die ich vermutlich nie beantworten können würde, aber ich schenke ihnen nur Beachtung, wenn mir wirklich langweilig war.

Ach, wie sehr ich mir in diesem Moment eine allwissende Göttin wünschte. Sie hätte meine Fragen mit Leichtigkeit beantwortet. Doch allwissende Götter zu finden, ist Glückssache ... Aber dafür würde ich eine Windgöttin werden – natürlich nur, wenn ich noch für ein halbes Jahr die stärkste Windmagierin bleibe.

Götter sind zwar genauso sterblich, nur halten sie viel mehr aus. Sie könnten sogar 10-mal von einem Asteroiden getroffen werden und würden es überleben. Götter empfinden auch Temperaturen, die für normale Menschen heißt oder eisig nicht, nur als warm oder kalt. Das ist ein Vorteil.

Wahrscheinlich wollte Magnus ein Gott werden, weshalb er mich unbedingt besiegen wollte. Aber leider wurden Götter wegen ihren Fähigkeiten von Hackern verfolgt und missbraucht. Die stärksten Hacker lockten dafür die allwissende Göttin an und befragten sie wegen den zukünftigen Göttern und Göttinnen. So hatte Sion sicher auch mich gefunden! Arme allwissende Göttin. Ich hatte Mitleid mit ihr.

Nun wollte ich es Sion heimzahlen. Ich stellte ihn mir vor, wie er vom Wind in die Luft geschleudert wurde und dann gegen die Mauer prallte. Der Wind gehorchte mir, das tat er in letzter Zeit immer, und führte den Befehl aus. Rayna und Andrik schauten verblüfft drein, weil sie sich fragten, wieso dieser Typ gerade hoch und dann gegen die Mauer flog?!

„Hey, Feuermann! Deine höchstpersönliche Liebe ist ein Windy! Lass mich zu Nuvay", sagte Rayna zu Andrik.

Nun lief ich halb fliegend die Treppe hinunter.

„Lass sie zu mir Andrik, ansonsten wird sie wütend. Das, was sie gerade gesagt hat, ist für ihre Verhältnisse und ihre Wut gerade sehr lieb gewesen, also lass sie zu mir", sagte ich ein bisschen durcheinander.

„Genau Feuermann, ansonsten wird's feurig!", sagte Rayna noch immer so lieb sie konnte.

Ich machte die Tür auf und hatte sofort eine Menge Fragen. „Beherrschst du wirklich Wind?"

Ich lachte und wollte nur eine leichte Brise machen, doch der Wind spielte ihr einen Streich und schubste Andrik grob nach hinten. Damit er sich nicht verletzte, stellte ich mir vor, dass Andrik ganz sanft am Boden landete. Der Wind gehorchte. Andrik war begeistert von meiner starken Magie.

Er sagte: „Das war fantastisch! Bist du die Stärkste? Nein, das kann nicht sein, Glückwunsch! Warte, bin gleich wieder da."

Und da flitzte er schon die Straßen hinunter. Links danach rechts. Aus meiner Sicht schaute dies verdächtig und gleichzeitig auch albern aus.

„Wir müssen zurück Nuvay! Lange zu warten macht den Abschied schwieriger!", erklärte Rayna.

Nun sah ich wieder diesen verdammten Hacker.

„Rayna, wundere dich nicht, dass ich fliegen kann. Ich bin ja eine Windmagierin und zwar nicht nur irgendeine, sondern sogar die stärkste!", erklärte ich stolz.

„Wo sind dann deine Flügel?", fragte Rayna.

„Die kommen, wenn ich eine Göttin werde. Die Fähigkeiten, die mir bekannt sind, wären: Windmagie und fast Unsterblichkeit, denn nur mit Gift sind Götter besiegbar", erklärte ich.

Nun sah ich Andrik von oben, wie er durch die Gegend flitzte. Hoffentlich fiel ich nicht runter! Ich flog ja zum ersten Mal! Endlich war er bei mir. Nur halt ... eigentlich *unter* mir ... Ich flog hinunter und Rayna hielt mich, denn ich war noch keine sichere Fliegerin.

„Ähm ... Ich habe ein Pferd für dich", sagte Andrik schweißgebadet.

„Eines? Ich glaube es sind ein *paar* mehr!" Als ich nach hinten schaute, sah ich bildhübsche Pferde: Eine wunderschöne schneeweiße Araber-Stute, einen schönen schwarzen Mustang-Hengst, einen braunen Warmblüter und ein paar kleinere und größere Ponys und Pferde. Mir fiel gerade ein, dass meine Villa ja eine Ranch war! Es war ein Traum!

Ich dachte erst Drifa wäre auch hier. Aber nein, es war ein Pferd, das die gleichen Farben wie Drifa hatte und ein Eispegasus war. Es hatte sogar ein Horn! Ich überlegte mir einen Namen. Vor fünf Sekunden hatte ich noch einen guten Namen gewusst, aber jetzt hatte ich Dummkopf ihn vergessen. Das gab es nicht! Nächstes Mal sollte ich ihn gleich laut aussprechen, bevor ich ihn wieder vergaß. Ich seufzte laut auf.

Da ich unbedingt dem Pegasus diesen Namen geben wollte, den ich ständig vergaß, frage ich Andrik stattdessen wegen dem schwarzen Pferd: „Andrik? Hast du einen Namen für den schwarzen Prinz?"

„Ja wie wäre es mit: Nightprince? Also wir haben ja noch ein paar mehr schwarze Pferde als andere, aber ich glaube Nightprince passt zu ihm", antwortete Andrik.

„Stimmt! Der Name passt zu ihm wie die Sahne zum Eis!", lachte ich.

Andrik verstand den Witz nicht. Er versuchte zu lachen, doch es gelang ihm nicht.

Insgeheim wusste ich auch warum: Bei mir war es nämlich genauso, wenn ich etwas nicht verstand, aber lachen *sollte*.

„Also Nachtprince. Ab in den Stall!" Ich war stolz auf den Namen. Ups … Nightprince, nicht Nachtprince … Ich komme mir langsam so vor, als wäre ich der größte Dummkopf auf Erden!"

Denn sich bei einem Namen versprechen, so dachte ich, konnten nur Dummköpfe.

Auf jeden Fall fand ich es mega süß von Andrik, dass er **mir Pferde** zum Geburtstag schenkte! **Pferde!**

Ich brachte Nightprince und auch alle anderen in die Ställe, wo noch nicht der Name der Pferde stand. Jetzt fiel mir der Name wieder ein, doch zu meinem Pech war es 24 Uhr und wenn mein Körper das bemerkte, und das tat er gerade auch, sackte er zusammen und schlief ein.

Ich träumte von unserer weißen Stute, aber im Traum wurde der Name der schönen Stute auch nicht erwähnt ... Das hieß dann wohl, dass ich beim Nachdenken wieder viel Spaß haben werde.

Nun wachte ich von einer sanften, aber lebhaften Stimme auf: „Nuvay! Es ist Zeit aufzustehen. Es ist bereits Morgen!"

Ich erkannte die Stimme nicht sofort, doch nach ein paar Minuten wusste ich, wer es war: Es war Rayna. Ich fand eine Zauberformel, so nannte man unlöschbare Schriften auf unzerstörbarem Papier und schrieb den Namen auf. „Vox", denn das war der Name der wunderschönen Stute. Es gab den Begriff Vox wirklich in irgendeiner Sprache. Außerdem fand ich, dass Vox ein cooler Name war und auch passend für diese atemberaubende Stute.

„Rayna! Andrik! Gestern war ich sooo lost! Ich habe den Namen von der Stute vergessen. Er lautet Vox!", rief ich stolz.

Andrik staunte über den Namen, doch Rayna interessierte sich weniger dafür, denn es waren ja *nur* **„Pferde"**. Aber dabei sind *Pferde* doch auch cool. Nicht nur *Drachen*! Rayna starrte Vox erwartungsvoll an. Was wollte Rayna von ihr? Ah ... Sie hatte anscheinend auch bemerkt das Vox so aussah wie Drifa. Nur in Pferde-/Pegasus-Form. Rayna legte ihren schmalen Drachenkopf auf die Seite und dachte über Drifas Herkunft nach. Dort, wo alles begann und wo alle Drachen zusammenarbeiteten und alles anders war als hier. Wo auch Drifa kleiner war ...

„Nuvay, pack deine Sachen zusammen. Wir gehen nach Hause oder empfindest du mehr für diese Welt, als für die andere? Ich weiß du hängst an ihm, doch er hat dir die Hälfte seines Geldes gegeben, wenn nicht sogar das ganze, damit du das Tor kaufen und die Administratorin werden kannst", erinnerte mich Rayna.

„Okay ich muss dann mal ..." Ich fing an zu schluchzen. „Ich muss dann nach Hause ..."

Wieder musste Andrik die Beschwörungsformel lesen, diesmal murmelte er jedoch. Rayna flog mit mir auf ihrem Rücken durch das Tor.

Ich wanderte mit den Augen durch den Raum. Das war doch wieder die schwarze Burg, oder? Jetzt waren wir wieder daheim ... Aber etwas war komisch ... Früher brauchten sie keine Formel, um reinzukommen, oder? Da wusste ich ja noch nicht mal was von Andriks Welt. „Ich vermisste Andrik jetzt schon!", beschwerte ich mich in Gedanken.

„Jetzt sag schon Rayna, was ist das Portal, das wir brauchen und kaufen?", fragte ich Rayna.

„Andriks Welt? Die heiß Khyona oder sowas in der Art, such du sie mal", antwortete Rayna süß.

„Okay", antwortete ich schnell.

Ich suchte wie wild, aber fand schlussendlich nichts. Dann ging ich wieder dorthin, wo wir hergekommen waren. Dort stand: Khyona, Reich der Fantasie. Mein Blick huschte über die Preisliste. Seufz. Da stand: 1 Million $. Das war zu teuer, außer Andrik hatte mir wirklich genug Geld mitgegeben. Ich suchte die Kassa und gab ihr alles was ich hatte.

„Tauschen Sie das gegen Khyona, Reich der Fantasy bitte?", fragte ich so zuckersüß wie ich konnte.

Rayna fragte mich in Gedanken „Wieso diese zuckersüße Stimme?"

„Damit sie in Bann gezogen wird. Ich habe ja auch ein bisschen mehr Mondmagie. Ich ziehe Männer wohl deshalb magisch an. Das ist zwar eine Frau, aber mal sehen, ob das mit der zuckersüßen Stimme auch bei ihr funktioniert", antwortete ich.

„Bitte!! Die Einwohner dort brauchen mich dringender als sonst! Außerdem ist dort mein Freund ...!", flehte ich sie an.

„Ich gebe es nicht her. Khyona gebe ich nicht her, weil es weniger ist als abgebildet. Und auch aus einem anderen Grund, den ich euch nicht verraten werde."

Mondmagie stehe mir doch bei!

„Bitte?", fragte ich.

„Gut, aber nur dieses Mal! Da du dort deinen Lebenspartner gefunden hast" sie zwinkerte mir zu. Danke, oh großartige Mondmagie!

„Danke", sagte ich sanft. Sie gab mir die Khyona-Sprechformel und bot mir an: „Sollen wir es ihnen liefern?"

„Nein, ein Seil reicht uns."

Sie gab uns das Seil und ich band es Rayna um und befestigte das Tor daran. „Was wenn Rayna es nicht tragen kann?", schoss es mir durch den Kopf.

„Sie wird es schon schaffen", dachte ich mir dann.

„Danke für die Hilfe, ganz Khyona wird euch danken, ehrenwerte Frau", bedankte ich mich.

Kapitel 7

Die Entscheidung

Nuvay

Ich musste mich entscheiden, Khyona oder die Real World. Einerseits wollte ich nach Khyona, weil dort mein lieber, süßer und treuer Andrik war. Und die Villa, aber mehr natürlich wegen Andrik. Andererseits war da die Real World, wo ich groß geworden war und mein ganzes Leben gelebt hatte. Es war schwierig. Die Drachenweibchen verstanden dies, doch Kaleb, mein Bruder nicht.

„Geh doch im Winter in die andere Welt und im Sommer in diese. Also Herbst und Winter in Khyona und Sommer und Frühling in dieser. Wäre das was?", schlug Rayna vor.

„Wenn es doch so einfach wäre!", schoss ich zurück.

„Ich verstehe dich. Du willst sehr viel Zeit dort investieren, bei Andrik", meinte Rayna.

„Nein! Wir brauchen Nuvay hier!" Kaleb schüttelte den Kopf. „Wofür haben wir sonst ein Riesenhaus mit einer Höhle, die extrem groß ist?"

„Kaleb ich verstehe dich ja, aber ich bin bald wieder zurück!" Ich versuchte, so zu denken wie Kaleb, er würde wahrscheinlich etwas in der Art denken: „Ich wusste zwar: Nuvay und sein Verehrer … Aber wir wollten doch zusammen mit Drifa in die Drachenschlucht fliegen und alles anschauen!"

Nun sprach ich Kaleb gelassen an.

„Hey du brauchst eine Ablenkung! Hm … Wie wäre es mit einer Katze? Oder einem Hund? Oder Fische, aber pass gut auf, dass kein Drache sie auffrisst!" Ich stoppte kurz. „Aber wenn du eine Katze findest, gib ihr den Fisch und dann auch ein Halsband mit einer Katzenleine. Geh dann zum Tierhändler/Tierarzt und lass sie chippen. Verstanden?"

Kaleb verstand sofort, warum. Er würde dann nicht so sehr bemerken, dass ich nicht da war, wenn er eine Beschäftigung hatte und sich um ein Tier kümmern musste.

„Natürlich! Ich hoffe es funktioniert! Ansonsten wird's schlimm!", antwortete ich kleinlaut. „Jaja ich weiß ...", zischte sie lieb. „Na dann gehe ich mal. Ich richte das Tor noch und dann gehe ich nach Khyona!" Ich war so aufgeregt und wollte unbedingt schon los.

Ich seufze: „Wieso muss das Tor so schwer sein?!"

Das dachte ich mir aber auch nur ...

***

Kaleb

Ich legte den Fisch auf den Boden, wie Nuvay es mir erklärt hatte. Dabei achtete ich genau, dass eine Katze dadurch angelockt wurde und nicht Drifa oder Rayna, die Fische ohne Ende essen konnten! Ich drehte Däumchen, da mir schon langweilig wurde.

Ich wartete sicher schon 2 Stunden lang! Nun schaute ich für eine halbe Stunde gen Himmel. Plötzlich merkte ich, dass der Fisch weg war! Das war sicher Rayna oder Drifa gewesen! Ich sah einen Schwanz, der sehr stark nach Fisch stank. Aber wenn der Schwanz so klein ist von Rayna oder Drifa wären sie ja Baby Drachen! Rot-Blau waren die Farben des Drachenschwanzes. Diese Farben hatten Drifa und Rayna nicht!

Aber plötzlich war mir ein Drache wie dieser kleine Schlingel lieber als eine Katze. Der blau-rote Drache lag noch immer da und aß den Fisch. Ich legte noch einen Fisch hin, damit er ja nicht wegflog. Nun ließ er den halben Fisch von vorhin liegen und aß den neuen. Der Kleine hatte mich anscheinend noch nicht bemerkt. Er oder sie war so süß!

„Hey, Kleiner willst du noch mehr Fis..." Ich verstummte.

„Ja, bitte mehr, wenn das geht, Mensch!", sagte eine sanftere Stimme als ich je zuvor gehört hatte. „Dieser Fischgeruch war einfach zu fischig! Da musste ich zugreifen! Junge, sag mal ..."

„Hm?"

„Du kennst doch Shine, diese Göttin, oder? Sie braucht dich. Soviel ich weiß, wurde sie von einem Hacker gefangen. Einem sehr starken noch dazu!", sagte der Drache. „Sie braucht dich, Junge, oder schaffst du das nicht? Auf jeden Fall mag ich dich, ich heiße FiretheIce, und du?"

„Ähmm ... K... Kaleb", antwortete ich stotternd.

„Warum stotterst du? Ist doch schön dich zu kennen!" Er grinste, zumindest dachte ich das. ‚IcetheFire ... Netter Name.`

„Manno! FiretheIce, nicht umgekehrt!", erklärte der kleine Drache.

Ich wechselte schnell das Thema: „Wo hast du gelebt, FiretheIce?"

Sein oder ihr Gesicht verdüsterte sich und verzog sich zu einem abenteuerlustigen Gesichtsausdruck. „In der geheimnisvollen Drachenschlucht."

Ich riss die Augen weit auf. „Dort ist es cool, oder?"

Sie schüttelte den Kopf „Na ja, zu stressig. Die Regeln dort: Lass dich nicht von Menschen sehen als kleiner Drache, Verstecken verboten, niemals als kleiner Drache aus der Drachenschlucht rausgehen, usw ... Echt absolut nicht angenehm. Aber mal was anderes, ich habe von Shine gehört, du willst in die Drachenschlucht, stimmt das? Nur ein kleiner Scherz! Klar stimmt das! Sie ist ja allwissend! Sie weiß das ja. Aber wenn du das wirklich machst, sage ich dir, nimm dich in Acht Kleiner."

Ich erkannte nun an der Stimme, dass dieser süße kleine Drache ein Weibchen war.

„Ähmm ... Ich will heute dort rein, in diese Drachenschlucht. Obwohl ohne Nuva ...", ich wurde unterbrochen.

„Stopp! Ohne Nuvay geht das gar nicht klar!" Drifa wurde wütender als sonst. „Nuvay wäre stark genug dich zu beschützen, aber der Kleine nicht! Wir haben die Verantwortung für dich Kaleb!"

„Na gut ... *Ich bin zwar stärker als Nuvay, da ich ein Feuerdrache bin, aber na gut!* Wo schläfst du, FiretheIce?", fragte ich unüberlegt.

„Bei dir im Bett. Ich bin gewöhnt mich so zu verhalten wie eine Katze, wenn es um so was in der Art geht", gab sie zurück.

„Okay ...?", sagte ich. „Warte mal, wo gehen wir jetzt hin? Zu Nuvay oder bleiben wir hier?" „Das sollst du wissen", riefen Rayna und Drifa gleichzeitig.

Ich zuckte nur mit den Schultern. „ICH HABE GAR KEINE AHNUNG!"

„Überleg selbst", sagte Rayna nun sanfter.

Ich ging zum Tor.

„Abrakadabra Simsalabim geh auf!" Ich versuchte es erneut „Sesam, öffne dich!"

„Zu Nuvay gehst du nicht!", zischte Rayna nun. „Das wäre absolut nicht romantisch, wenn du dort aufkreuzt!"

Ja! Eine Göttin braucht dich, Kaleb! Man hat Shine vor hundert Jahren Liskujata genannt, besser gesagt Liskuja. Ist dir das bewusst?"

Liskuja brauchte mich. Nur mich. Nun war ich entschlossen mit Fire, so nannte ich FireTheIce, auf der Schulter, Liskuja zu retten!

***

Was hatte Kaleb wohl vor? Wie sollte ich ihm helfen? Was war das für ein Drache auf seiner Schulter?

„Drifa!", rief Kaleb.

„Ja?", fragte ich.

„Drifa, ich gehe Liskuja retten. Bitte verfolge mich nicht. Denn ansonsten schaffe ich das nicht", sagte Kaleb ernster als je zuvor.

Ich stockte und hatte plötzlich einen bitteren Geschmack im Mund.

O... Okay ..." Sollte ich ihm helfen und trotzdem folgen? Oder sollte ich Nahrung sammeln gehen für uns alle und Nuvay, falls sie zurückkam? Ich wusste, dass ich meine Entscheidung vielleicht bereuen würde, aber ich musste mich entscheiden!

„*Rayna? Was soll ich jetzt machen? Vielleicht wird er in eine Falle gelockt ... Ich vertraue dem kleinen Drachen nicht, irgendwie weiß ich, dass er etwas im Schilde führt! Nur was wohl?"

„Verfolge ihn, oder ich tue es, aber tust du es, führt es dich zu deiner Antwort. Nahrung sammle ich sowieso nicht!"

So weise! Ich musste auch lernen, so weise zu sprechen! Damit ich eines Tages auch so ehrwürdig wie Rayna sein könnte! Nuvay wusste ja, wie man weise sprach.

Ab zu Nuvay! Nun stand ich vor diesem Tor zu Khyona. Doch es ließ mich nicht rein! Egal was ich auch sagte z. B.: „Figarus, ich will zu Nuvay!" Oder: „Voloire Nuvay! Per me Salve?!"

Ich habe sogar auf Latein das Tor angebettelt, aber ohne Erfolg! Pff! Ein Tor, das kein Latein versteht! Also wirklich …!

„Rayna? Wie kommt man durch dieses blöde Tor, das nicht einmal Latein versteht?"

„Drifa! Du wolltest doch zu Kaleb!", erinnerte sie. „Man kommt nur mit Magiern rein. Nuvay zum Beispiel. Sie ist ja eine Windmagierin."

Welche Antworten hatte sie gemeint? Egal. Ich seufzte. Ich wollte doch nur Nuvay besuchen! Egal nächstes Mal … Ah, da war ein Schmetterling! Huch? Wieso interessierte mich so ein niederer Schmetterling?

„Hilfe! Hört mich jemand?! Drifa oder wie du heißt?! Dein Freund ist bei mir, in der Cetritahle im 5 Stock."

„Wer bist du? Liskuja? Ich traue niemandem! In Gedankensprache kann man immer die Stimme fälschen!"

„Ich weiß … Aber er braucht dich! Eigentlich dürfte ich das gar nicht verraten doch … Ich liebe ihn! Dieser Drache hat ihn verraten", erklärte die Stimme, die angeblich Liskuja sein sollte.

„Seufz. Okay, ich komme, ich wusste, es stimmt irgendwas nicht mit diesem Drachen! Denn kein Drache würde …"

Sie unterbrach mich. „Ja, ich weiß was du sagen wolltest, ich bin allwissend! Aber beeil dich! Jetzt oder nie!"

„Ich will doch nur, dass es ihm gut geht!" Liskuja begann zu weinen.

„Ich komme so schnell ich kann, Liskuja!"

„Drifa wo willst du so schnell hin?!", rief Rayna.

„In der Cetritahle."

Warte mal! Ich hatte gerade mit weiser Stimme gesprochen! Meine normale hat einen anderen Ton! Ich freute mich riesig!

***

Shine/Liskuja

„Wo finde ich einen rot-blauen Drachen, Shine?", fragte mich der Hacker.

„Warum sollte ich da … Im Wald der sechs Berge." Ich drehte den Kopf nach links.

Verdammt! Ich will dieser Rasse nichts antun aber … Tut mir schrecklich leid ihr kleinen Dinger.

„Okay, den werde ich brauchen, um den schwachen Windmagier zu bekommen. Ah, Shine, wie hat man dich ganz früher genannt?", fragte er.

„Odin-sama!", rief ich stolz.

Das sama durfte man ruhig weglassen.

„Mehr musst du nicht wissen! Du bist eh ein Hacker! Kein Verehrer!", schimpfte ich verächtlich.

„Ach! Du solltest ja alle fragen, bis die 20 Tage vergangen sind. Und bisher waren dies … zwei Tage!" Ich wusste zwar, dass es mehr waren, doch Hauptsache Kaleb fiel nicht auf seinen Trick hinein.

Warum wollte dieser verdammt süße Hacker meinen Namen wissen? Ich hieß Odin als Göttin und früher nannten mich die Menschen Liskuja, wenn ich zu ihnen kam, doch jetzt nannten mich alle Shine. Pff! Aber warum muss er das wissen?

Nun musste ich es ihm aber doch sagen: „Liskuja"

Ich hätte noch mehr verraten können, aber Hauptsache Kaleb ging es gut. Ich wünschte mir so sehr, dass er nicht in die Falle tappte. Das war mein einziger Wunsch. Ich musste noch 18 Tage hier bleiben, beim Hacker. Ich fing an wütend zu werden, denn ich hörte Kalebs Stimme: „Liskuja muss gerettet werden, der Hacker darf ihr nichts tun! Genau! Denn ich liebe sie so sehr! So wie auch sehr viele ... !"

Es war nicht mal ein Tag vergangen und Kaleb platzte hinein, jetzt erlosch meine süße kleine Hoffnung!

„Kaleb! Das ist eine Falle! Bleib doch besser in Drifas Nähe als bei mir!", wandte ich mich an ihn.

Doch gleich nachdem ich das gesagt hatte, hörte ich ein Lachen hinter mir: „Hahahaha! Hm?! Was machst du jetzt!? Ich bin zu klug, deshalb bin ich besser als dieser Junge! Komm doch zu mir. Willst du?"

Ich durfte seiner Macht und Magie nicht verfallen! Ich mochte doch Kaley! Nur Ka... Ich mochte diesen Hacker nicht mehr als Kaley! Aber trotzdem: Der Hacker war so süß und so schlau! Nein! Ich war allwissend! Wieso aber nicht was meine Gefühle angingen?! Ich liebte Kaley! Nur dich, Kaley! Doch ich musste da mitmachen ... „Okay ... Aber auch wenn du klüger bist, wen ich in Wirklichkeit liebe bestimme ich, nicht deine Magie!"

Gedankensprache ... schnell!

„Drifa?", die denkt sicher: „Wer das wohl ist?"

„Oder wie du auch heißt ... Kannst du mir trauen?"

„Nein, ich bin Rayna, aber ich werde das Drifa weiterleiten."

„Okay ... Drifa muss Kaleb ... Nein, besser gesagt Kaley retten! Er wird von einem Drachen ausgetrickst. Und Kaley ist ... Schon in die Falle getappt! Bitte hilf ihm! Ich liebe ihn und will doch nur, dass es ihm und seinen Freunden gut geht! Wenn ihr ihm helfen wollt, dann jetzt oder nie! Ich bin wie er auf der Cetritahle im fünften Stock, bitte sag das Drifa, ihr seid ja Vertraute", wies ich sie an.

Sollte ich Rayna alles sagen, zum Beispiel, wie sie reinkam oder zur Sicherheit gar nichts? Ich überlegte kurz und entschloss mich, es Drifa zu sagen, doch ich konnte nicht ... Da der Hacker mich wieder brauchte.

„Liskuja? Kannst du Kaley bitte sagen, wie man dich wirklich nennt?"

„Also Kaley, mich hat man vor 10 Jahren Liskuja genannt, aber jetzt nennt man mich Shine. Ich finde Liskuja aber eigentlich schöner. Und noch was Kaley, wieso bist du nicht bei Drifa geblieben, DUMMKOPF?!"

„Ähmm ... Weil ich lieber dich retten wollte als Drifa zuzuhören, denn es war einfach ... Keine Ahnung! Ich wollte EINFACH zu dir", sagte er, doch ich nahm es nicht ernst.

DUMMKOPF ...

„Oh wie herzendwärmend! Kaley du musst aber gehen, Liskuja ist morgen wieder bei dir", sagte der Hacker stumpf.

Kapitel 8

Khyona

Nuvay

Ich trat durchs Tor zu Khyona, schaute mich um und sah auf der Seite, wie bei einem Virtual Reality Spiel Buchstabenreihen. Ich wusste durch Spiele, wie das funktionierte, die Buchstaben waren Adminrechte.

Ich bekam Herzklopfen und leicht rote Wangen, als ich einen komplett schwarz gekleideten Mann sah. Es war Andrik, der mich abholen kam. Natürlich ritt er auf Nightprince und Vox lief hinterher, da Andrik ihn zu mich führte. Er ritt nicht auf Vox, da sie sich nicht von ihm reiten ließ, nur mich ließ sie auf sich reiten. Diese wunderschöne Stute. Aber Nightprince passte zu Andrik. Sie sahen gleich aus. Beide ganz in schwarz. Als wären sie eins ...

„Hey, wo warst du? Das hat länger gedauert als erwartet!", rief Andrik fröhlich.

Ich spürte, wie meine Beine weich wurden.

„Ja, ich konnte es auch nicht mehr erwarten, dich zu sehen!"

Ich stieg auf Vox. Oh Himmel! Wo ist meine Ranch? Administratorrechte: Spawn Ort my Ranch.

„Andrik? Wo ist meine Ranch?", fragte ich mit Herzklopfen.

Ich genoss den Geruch von Rauch und Schwefel. Seitdem ihn Andrik trug mochte ich den Geruch. Ich freute mich so sehr, dass ich mich an der heißen Atmosphäre fast verschluckte. Nun nahm ich den würzigen und süßen Pferdegeruch wahr.

„Andrik zeigst du mir den Weg? Ich bin gerade erst zum zweiten Mal hier!", beschwerte ich mich. „Ja klar. Bitte benutze dieses Mal deine Worte mehr, sie hören sich lustig an und sind halt … anders", sagte Andrik verschmitzt.

„Du meinst cool und so? Die aus der anderen Welt?", fragte ich.

„Ja, die aus der anderen Welt, die Wörter", sagte er.

„Was heißt das eigentlich? Cool?" Er lachte.

Ich wurde nachdenklich. „Ähm … sowas wie schön und sowas. Nur hört es sich besser an." Er lachte auf. „Okay, wenn du meinst."

Ich musste nun auch lachen, aber nicht normal: Dies war ein nervöser Lachflash. Die mochte ich gar nicht! Ich versuchte, es mir zu verkneifen, doch schaffte es nicht.

„Wuhahaahah, tut mir leid Andrik, wenn ich so lache, hahaha, aber das ist mein nervöses Lachen. Wuhahaahah!" Ich wurde immer nervöser, aber ich konnte es, mir dann zum Glück doch noch verkneifen.

Was ist, wenn mich Andrik nicht mehr liebt, wegen meinem Lachen? Ich fing an zu schluchzen. Dann weinte ich tatsächlich. Mein Herz zerriss fast bei der Vorstellung.

„Was ist? Was habe ich falsch gemacht? Sag es mir Nuvay", sagte Andrik ängstlich.

„Nein, du hast gar nicht falsch gemacht! Es ist nur … Magst du mich trotz des komischen Lachens von mir?", fragte ich weinend.

„Ja, ich liebe dich egal wie du lachst. Du bist mein Herz und meine Seele, so wie du bist, so bist du eben. Ich liebe dich trotzdem, auch wenn das Lachen wirklich komisch ist. Dein Charakter ist viel wichtiger als dein Aussehen oder dein Lachen. Nur dass du das weißt", sagte Andrik so süß er konnte und zugleich extrem ernst.

Hatte er mir gerade indirekt ein Liebesgeständnis gemacht? Wenn ja hatte er es prima geschafft.

„War das ein Liebesgeständnis?", fragte ich.

„Ja, wie war es?", fragte er nüchtern.

„Mega süß!", antwortete ich schnell.

„Das war ein Kompliment", stellte Andrik fest.

„Genau", bestätigte ich.

Ich hatte gar nicht bemerkt, wie wir angekommen waren, sondern nur diese lästigen Frauen die Andrik mit Herzchen-Augen ansahen. Ich sprach in Gedanken: „Das ist mein Andrik!! Niemals eurer!!" Die Nachricht war angekommen, denn die Frauen sahen mich beleidigt an.

Abgesehen von den Frauen schaute das Viertel hier wunderschön bunt aus. Dass mir das erst jetzt auffiel, war peinlich ... Ich errötete deshalb leicht.

Die Frauen drehten sich um und verschwanden in ihrem Haus. Endlich! Das hatte mich gerade viel zu sehr gestört.

Nun hörte ich eine Frauenstimme „Oh, da ist ja Fräulein Andrik!"

Ich übertrug den Gedanken blitzschnell an Andrik. Er sah mit scharfem Blick zum blauen Haus. Wahrscheinlich war dass das Haus von dieser Frau. Was mich aber nicht sonderlich interessierte. Ich schaute nicht dorthin, sondern zu meiner Ranch und brachte Vox in seinen Stall. Nightprince folgte uns, als Andrik abstieg und ich schrieb wieder auf einer Zauberrolle „Nightprince" drauf. Was ich auf diese Rolle schrieb, war wie ein Namensschild an der Stalltür. Ich machte die Tür auf, brachte auch Nightprince rein, dann machte ich die Stalltür wieder zu.

Als ich das Haus betrat und die Tür zusperrte, merkte ich sofort, dass irgendetwas oder irgendjemand da war. Dann sagte eine Stimme: „Da hast du mich erwischt! Mein Name ist Cecily. Die, die dich nicht leiden kann und dich auslöschen will. Und das werde ich mit Erfolg schaffen, denn ich bin die weltbeste Assassine!" Cecily bemerkte meine Gefühle schneller als ich, sie lächelte.

Ich begann es mit der Angst zu tun! Was wollte sie hier? Okay, mich töten aber warum? Mein Herz schmerzte und klopfte wie wild.

„So ein Pech auch! Ich habe doch eh schon genügend Schaden angerichtet, ich habe mit dem Hacker zusammengearbeitet, und herausgefunden, wo du bist, er hat gesagt ich darf dich nicht töten. Das hat mich noch mehr angespornt dich zu töten! Du wirst sterben an einem einzigen Glas Wasser Hahahaha!", lachte Cecily böse.

Während Cecily alles ausführlich erklärte, hatte ich genügend Zeit Andrik in Gedanken zu verständigen. Ich nickte immer wieder ängstlich, bis ich eine Glasscherbe zerspringen hörte. Ich war hundefroh, dass Andrik meine Nachricht bekommen hatte. Oh Gott sei Dank! Ich folgte Cecilys Blick und sah das, was sie sah: eine pechschwarze Gestalt. War das Andrik?

Ja, er war es. Cecily hielt ihr Messerchen immer noch in der Hand und starrte Andrik gebannt an. Ich entschloss mich, zur Lederbank zu rennen, um mich dahinter verstecken zu können. Ich hoffte, dass Andrik das klären würde. Doch erst jetzt merkte ich, dass Cecily wie eine Kopie von mir war, nur viel schöner! Nun konnte ich merken, dass Cecilys angespanntes Gesicht noch angespannter und finsterer wurde. Warte mal! Die redeten in Gedanken miteinander! Verliebte sich Andrik vielleicht gerade in sie? Sie war tausendmal schöner als ich! Nein, Nuvay! Er hatte gesagt: „Du bist mein Herz und meine Seele."

Tatsächlich beruhigte mich das ein kleines bisschen. Andrik war ja noch immer in seiner unschlagbaren Pose. Ich blickte aus dem Fenster, wo Andrik reingekommen war. Ernsthaft? Musste ich das dann reparieren?! Ach was, das machte sicher jemand anderes!

Dann sah ich, wie sich Cecily minimal bewegte und das noch dazu in Andriks Richtung. Mein Atem stockte. Ich schnappte wild nach Luft. Andrik merkte es ebenfalls und hob seine Hand. Er konzentrierte sich, wie es schien. Benutzte er gerade zum ersten Mal vor mir seine Magie?! Oha! Nun spürte ich unter uns das Erdbeben des Jahrtausends. Danach kam eine quälende Hitze und es wurde schwül im Haus. Ich blieb trotzdem hinter der Lederbank versteckt, wo es hoffentlich sicherer war. Doch Cecily bewegte sich nicht mehr. Man sah ihr an, dass sie sich sehr mit der Hitze quälte. Wenn jetzt einer ...

Die Tür wurde aufgestoßen. Wer war das? Ich kannte nur drei von ihnen. Sie mochten mich nicht besonders und ich sie auch nicht. *Gar nicht.* Das waren die, die gemein zu mir waren. Das war die aus dem blauen und gelben Haus. Aber ich verzieh ihnen natürlich. Die Stimme eines fremden Jungen riss mich aus meinen Gedanken.

„Wie kann unser Herrscher nur einem unschuldigen Mädchen wie ihr etwas derartig Hitziges antun?!" Er sprach in einem amüsierten Tonfall.

UNSCHULDIG?!

„Ihr seid nicht nett, sondern ein böser Verräter!", erschoss er ihn mit Worten.

„Hör nicht auf ihn! Cecily wollte mich ...!", sprach ich in Gedanken.

„Du irrst dich! Sie hatte noch eben ein Messer in der Hand gehalten! Außerdem Thordar Magnus von der Eiswache, ich kann dich auch von Khyona verbannen ... Wie du willst!", zischte Andrik.

„Übrigens Herr Feuerwichtig, dieses kleine unschuldige Mädchen hat mich gerufen und hatte, seitdem ich hier bin, kein Messer in der Hand, du Oberschlauer", warf Magnus ein. „Du wagst es doch nicht deinen besten Eiswachen zu verbannen, oder?!"

„Na ja ... Ich bin eigentlich strikt dagegen gewesen, aber im Notfall ... würde ich es tun", sagte Andrik halbherzig.

Ich konnte nur irritiert hin und her schauen da man sich in so einen Streit am besten nicht einmischte, überhaupt wenn man die Personen und die Situation nicht einschätzen konnte oder überhaupt wusste, um was es ging.

„Du hast kein Recht dazu! Du kannst mich nur zum Tode ..." Andrik unterbrach ihn: „Dann verurteile ich dich zum Tode, wenn dir das lieber ist."

Mein Blick wanderte zu Cecily, hä? War ich bekloppt und dumm geworden?! Ich sah auch kein Messer mehr! Unmöglich! Wo hatte Cecily es hingegeben? Wie sollte ich ihr aus dem Weg gehen?! Wieso konnte ich mit Andrik kein friedliches Leben führen?! Wieso?! Wieso?! Okay, Entspannung wäre jetzt gut! Warum beruhigte ich mich nur bei dem Satz „Andrik liebt mich"? Ach worüber sprachen die? Wieso konnte man die keine Sekunde lang aus den Augen lassen? Warum hörte ich sie auch nicht mehr?! War ich etwa?! ... Ich sah nur noch schwarz vor meinen Augen.

Kapitel 9

Das Spital in Khyona

Nuvay

Ich wachte auf und sah Andrik weinen. War mein Bruder auch hier? Das stellte ich mir sicher nur so vor! Aber woher kamen Drifa und Rayna?

„Was wenn Nuvay nicht mehr aufwacht, Drache? Was ist los mit ihr? Der Arzt hat doch mit dir gesprochen Drache", hörte ich Andrik schluchzen.

„Also erstens heiße ich Drifa und nicht „Drache", und nun ja … Nuvay wurde mit sehr giftigem Gift getroffen. Das bedeutet es ist zu erwarten, dass …" Drifa atmete tief ein und aus „Das sie schlimmstenfalls nicht mehr aufwacht. Ich habe den Arzt ausgefragt und wollte auch wissen, wie sie sich so anstellt … Ihr Körper legt sich echt extrem ins Zeug. Das sagte mir der Arzt zumindest."

„Heißt das …" Andrik zog scharf die Luft ein „Dass … Sie könnte mit etwas Pech nie mehr aufwachen? Aber sie kann uns hören und bestenfalls auch manchmal sehen? Also ist das eine Art Schlaf, bei der sie aber manchmal bei Bewusstsein ist … Das ist grausam! Die wollen doch nicht etwa …?"

„Ja, leider." Als Drifa sich in einen Menschen verwandelte, weinte sie los. „Rayna ich kann nicht mehr, sag du doch auch was!"

„Ja, okay … Nuvay ist sehr mitgenommen … Sie hatten jetzt schon sechs Tage Geduld, aber zwei Wochen warten sie noch. Wacht sie dann immer noch nicht aus ihrem

Halbschlaf auf ... Wird sie als tot abgestempelt und ja ... Ihr wisst eh was das bedeutet ..." Rayna fing auch an zu weinen. Und sie geben ihr ... Dann ... Eine Spritze ... Damit ihr Herz aufhört zu schlagen!"

Nun weinte Rayna wie ein Schlosshund. Alle weinten ... Und ich auch, in meiner Seele. Rayna verwandelte sich zum Menschen und konnte ihre Trauer jetzt besser zeigen. Ich weinte still und leise, da ich nun wusste was mit mir los war und ... was mit mir passieren würde. Ich musste mich für alle, die mich mögen und die ich gern habe, anstrengen! Ich hielt es nicht aus so hilflos zu sein und nichts reden zu können und manchmal auch gar nichts sehen! Nicht mal richtig aufwachen konnte ich ... Niemand konnte meine Gefühle spüren ...

„Ich musste mich anstrengen für sie und den Kopf erheben. Für sie!", schoss es mir durch mein Bewusstsein.

Ich versuchte wieder die Augen zu öffnen. Für einen kurzen Augenblick sah ich etwas Licht, doch es erlosch sofort. Ich war sehr traurig, doch gleichzeitig auch sehr glücklich. Denn so ein kleiner Erfolg war ein Anfang!

„Ich werde es schaffen!", kam mir der Gedanke.

„Soll ich dir erklären, was passiert ist Nuvay? Damit du mehr Kraft kriegst?", fragte der geheimnisvolle schwarze Junge.

Ich nickte und war überrascht, dass es funktionierte. Wieder ein Erfolg!

„Ich glaube, sie kann uns hören", rief Drifa aufgeregt. „Das heißt sie ist nicht mehr bewusstlos. Gut Andrik, sag es ihr."

„Gut, wenn du willst", schluchzte Andrik ein bisschen. „Es war so, Nuvay, ich dachte, ich bin dumm, denn ich sah das Messerchen nicht mehr. *Von Cecily.* Sie hat das alles getan, damit wir noch verzweifelter werden als ohnehin schon. Sie verwandelte das Messer in einen Pfeil. Ich sah den Pfeil nicht, da ich mit Thordar diskutierte. Als ich merkte, dass du mich nicht mehr hören konntest, wurde ich vorsichtig, da ich mir schon denken konnte, was passiert war. Doch dann bist du umgefallen. Ich hätte fast einen Herzinfarkt erlitten. Ich fing dich auf und fragte *Cecily* was sie getan hatte.

Sie gab alles zu nur nicht wie sie es getan hatte. Oder womit sie es tat. Ich bin in deine Welt gegangen und habe Drifa und Rayna geholt. Sie waren geschockt. Dein Bruder war leider nicht da. Er war schon seit fünf Tagen weg. Die zwei anderen und ich haben die ganze Zeit seit diesem Vorfall nur noch hier verbracht. Die Ärzte sagten, es wäre besser du schläfst und dass es dich sogar viel Kraft kosten würde, nur die Augen zu öffnen. Ich bin der gleichen Meinung. Mehr ist aber auch nicht passiert", erklärte Andrik tapfer.

„Danke", dachte ich.

Doch mich hörte niemand also wusste auch niemand, was ich dachte oder zu sagen probierte. Ich versuchte wieder zu nicken aber anstatt dieses Nickens öffneten sich meine Augen. Was ging hier vor sich?

„Nuvay? Du bist geheilt?", fragten alle mit geöffneten Augen und staunten.

STILLE ...

„Nei...", ich wollte antworten, doch mein Körper wollte nicht. Und ließ mich wieder Mal im Stich ...

Ich wusste aber, dass ich es schaffen konnte! Nur noch ein paar Anstrengungen und schon könnte es funktionieren! Da war ich mir zu hundert Prozent sicher. Doch nun hörte ich eine mir komplett fremde Stimme: „Wir werden ihr noch zwei Tage geben. Danach kommt der Herzinfarkt. Wir werden uns dennoch alle Mühe geben die letzten Tage."

„Professor, sie hat heute doch schon die Augen geöffnet ... Was muss sie denn tun um nicht den Tod zu erleiden?", fragte Drifa.

„Sie muss gehen können, damit das Gift verfliegt", sagte diese Stimme.

Gehen? Innerhalb von zwei Tagen? Was zum ...?!

„Ich habe doch schon so lange durchgehalten. Endlich, ich habe es geschafft!", dachte ich nun glücklich.

Oder war das alles nur ein Traum? Meine Augen sahen den Himmel. Freude übernahm meinen ganzen Körper. Ich wollte meine Hand heben, doch in diesem Moment wurde es mir klar: Es war nur eine Erinnerung ...

Es war dunkel. Viel zu dunkel. Ich sprang auf. Warte, ich sprang auf? Ich konnte jetzt ... also gehen? Mein Herz freute sich wie wild. Ich sah aus dem Fenster. Es war also Nacht ... Mein Herz schlug immer schneller bei dem Gedanken, dass ich mich überhaupt wieder bewegen konnte. Doch meine Freude war mit einem Mal vorbei.

„So Cecily, es läuft alles nach Plan. Morgen bringen wir dein Opfer weg und dann ist eure Aufgabe erledigt." Die Stimme des Doktors klang bösartig.

„Perfekt, ich gebe euch dann die Hälfte meines Lohns für das Mädchen", antwortete Cecilys bildhübsche Stimme.

„Abgemacht", lachte der Doktor.

Ich musste das ganze hier beenden. Ich hatte die ganzen Skydragons ja unter meiner Kontrolle ... Dann holte ich mir hier am besten den stärksten. Ansonsten würde Cecily weiterhin denken, dass ich schwach sei und sie leichtes Spiel mit mir hätte. Ich grummelte leise vor mich hin.

Ich lief zur Tür und riss diese auf. „Hier bin ich, meine kleine Attentäterin, Cecily!"

„Wie?!" Sie stutze. „Dann beende ich die Sache eben nicht sachte sondern brutal!"

„Hmpf, Skydragon", ich lächelte nur eiskalt.

Wie das letzte Mal kam der goldene Skydragon aus mir hinaus, oder besser gesagt, aus meiner Magie. Nur dieses Mal war er viel größer und machte einen viel dramatischeren Eindruck als der erste. Sollte ich ihn ... Caelum nennen? Das wäre zumindest besser, als immer nur stärkster, schwächster und so zu sagen.

„Caelum, mach sie platt!"

Der Drache sah mich an. „Wie ihr wünscht, Meisterin."

Er spie Himmelsmagie, schoss mit seinen Schuppen herum als wären sie Pfeile und biss zu wie eine Raubkatze. Dann schaute er kurz zu mir. Das war die Aufforderung, mich auf ihn zu setzen und meine Magie mit seiner zu kombinieren. Ich lief zu seiner Kralle und er schleuderte mich auf seinen Rücken.

„Wind, erhöre mein Gebet und zeige mir eine Explosion!" Ich wusste, dass es nur in Kombination mit Caelums Magie funktionierte.

Ich sendete den Wind in jede Ecke und ließ ihn wüten, bis Caelum sein Maul öffnete und Feuer, Wasser, Eis und Himmelsmagie spie. Eine dramatische Explosion entstand, sodass selbst ich von Caelums Rücken geschleudert wurde. Mir tat alles weh, doch was ich dann sah, lenkte mich von meinen Schmerzen ab. Cecily und der Doktor. Der Doktor lag in einer verdrehten Position am Boden. Durch die Explosion war er getötet worden.

Cecily funkelte mich allerdings an und schrie: „Es ist noch lange nicht vorbei!"

Dann verschwand sie. Caelum kam schützend zu mir, doch im gleichen Moment kamen auch Andrik, Rayna und Drifa. Sie stürzten mit spitzen Schwertern auf Caelum zu.

„Nuvay, bück dich, dieser Drache ist gefährlich!", rief Andrik.

Rayna und Drifa kamen als Menschen angelaufen.

„Ihr tut ihm weh! Lasst das!" Meine Windmagie reagierte schneller als Caelum und stieß die drei weit zurück.

„Wieso tust du das?!", schrie Drifa. „Dieser Drache ist sehr gefährlich. Er wird dich und diese Welt zerstören!"

„Das wird Caelum eben nicht tun! Tut nicht so, als würdet ihr ihn kennen."

Caelum drehte sich zu denen um, die mich retten wollten.

„Wieso gibst du dem einen Namen?! Bist du vollkommen verrückt?!"

„Meine Meisterin ist nicht verrückt! Sie ist sogar sehr klug. Ich werde euch nun beseitigen, denn ihr habt sie beleidigt und unter euch ist noch dazu dieser ... Mensch, der eigentlich ein blauer Drache war und also schon vor langer Zeit mein Feind. Darf ich, Meisterin?"

„Nein, das sind meine Freunde Caelum. Deine Arbeit war hervorragend. Du bist erlöst, wenn du willst, geh zurück schlafen."

„Jawohl ..."

Caelum verschwand wieder in meiner Seele.

„Was war denn das?!", riefen alle drei verblüfft.

„Tut mir leid, ich habe da Cecily gesehen und musste dann mal ein bisschen Krach machen ..." Ich wusste nicht, wo ich hinschauen sollte.

„Sowas geht ja gar nicht, Fräulein!" Rayna verschränkte die Arme und lächelte verschmitzt.

Andrik schaute mich verblüfft an: „Hast du wirklich diesen Drachen heraufbeschworen??" Er lief zu mir und umarmte mich. „Wenigstens bist du gesund."

„Wir werden Cecily suchen, versprochen. Jetzt ruh dich aber erst mal aus." Andrik hob mich hoch und wir gingen nach Hause.

Kapitel 10

Die Reise nach der Erschöpfung

Nuvay

„Ich komme gleich ...!", murmelte ich müde. „Ach Nuvay! So lange herumzuliegen ist auch nicht gut!", rief Drifa.

„Wohin denn überhaupt?", fragte ich murmelnd.

„Wir haben vorhin alles besprochen. Aber du musstest ja unbedingt schlafen! So haben wir eben alles ohne dich ausgemacht!", erwiderte Rayna.

„Es wird dir auf jeden Fall gefallen!"

„Ich würde lieber weiterschlafen. Ich weiß ja nicht einmal, wohin es geht", jammerte ich herum. „Darf ich wenigstens auf Vox reiten? Ich würde sie sonst sehr vermissen. Ich war ja in letzter Zeit sowieso so lange von ihr getrennt."

„Ja ... Wenn du ohne sie nicht willst ... dann ja ...!", riefen Drifa, Rayna und Andrik wie aus einem Mund.

Seit wann verstanden die drei sich so gut? Egal ... Ich freute mich jetzt schon mehr auf diese Reise ins Unbekannte.

„Ich bin sooo erschöpft!", jammerte Drifa.

Ah ... Sie war ja noch in ihrer Menschengestalt! Deshalb hatte sie alles laut ausgesprochen, anstatt in Gedankensprache zu sprechen ...

„Ja dann verwandle dich doch wie Rayna in einen Drachen!", riet ihr Andrik.

Ich sah den schönen Sonnenaufgang, während ich in den Stall ging, wo Vox hinter Nightprince stand. Nanu? Andrik nahm ihn nicht? Worauf würde er dann reiten?

Oder würde er gar fliegen? Zu Fuß brauchte er doch Jahre! Ich sattelte Vox und sprang auf.

„Gehen wir jetzt?", fragte ich ungeduldig.

„Klar, wir hatten nur auf dich gewartet", sagte Rayna.

„Ach echt? Na dann los!", rief ich abenteuerlustig.

Ich sah noch mal zum Sonnenaufgang. Wunderschön und unbeschreiblich ... Doch wieder mal konnte ich diese wunderschöne Aussicht nicht lange begutachten.

„Andrik kommt auf Raynas Rücken, wenn sie nichts dagegen hat", sagte ich.

„Ja, darf er. Können wir schnell fliegen?", bettelte Rayna belustigt und ernst zugleich.

„Ja, so schnell ihr wollt. Vox kommt eh locker hinterher", stellte ich zufrieden fest.

„Keine Sorge!" Rayna grinste ihr Drachengrinsen. Dann flog sie los, so schnell sie konnte, das sah man ihr an.

Doch Vox schien sich gar nicht anzustrengen, Rayna einzuholen. Wie schnell wir wohl waren? Andrik hatte ja gar keine Angst! Es war sicher nicht das erste Mal, dass er einen Drachen flog! Warte ... Ich berechnete das Tempo ... Wow! Uns konnte man schon fast nicht mehr sehen! Wir waren ein vorbeizischendes Lüftchen! Also ungefähr 1000 km/h? Nein ... Ganz genau waren es ... Ähhhh ... 299792458 m/s, also Lichtgeschwindigkeit! Wow ... Vox war wirklich kein normales Pferd! Nein, nein! Nicht mal ein Auto konnte das. Warte mal ... Vox strengte sich schon etwas an aber nicht extrem ... Ich gab mir Mühe nicht runterzufallen ... Aber es fühlte sich so an, als würde Vox mich davor schützen! Das war sicherlich nicht ihr schnellstes Tempo.

„Vox, lauf, lauf so schnell du kannst meine wilde Stute!", rief ich voller Freude.

Nun spannten sich Vox' Muskeln an und sie sprintete 5-mal schneller als davor. Ach ja ... Vox war ja ein Pegasus! Und na ja sie versteckte gerne ihr Horn sowie ihre Flügel ...

„Vox, du kannst wieder langsamer laufen, damit uns die Drachen wieder einholen", flüsterte ich.

Ich sah nach hinten und schätzte, dass die anderen 35 km weiter hinten waren. Wir warteten eine Weile auf sie. Nun lief Vox den Drachen wie davor mühelos hinterher. Es schien mir, als würde ihr langweilig sein, deshalb trieb ich sie wieder zur fünffachen Geschwindigkeit an. Vox kannte anscheinend den Weg. Was gab es besseres als auf dem Rücken eines Pegasus zu sitzen, der sogar schneller war, als Drachen? Ich war glücklich und zufrieden auf ihrem Rücken. Ich spürte jeden Muskel unter mir und sog schnell den Atem ein. Ich spürte auch, wann sie eine Pause brauchte. Aber ich wusste immer noch nicht, wohin die Reise führte. Das Ziel lag scheinbar irgendwo in den Bergen, denn Vox lief den Berg nach oben.

„Wie konnte Vox auf diesem schmalen Bergpfad, in dieser Geschwindigkeit und bei diesen Kurven, bloß das Gleichgewicht halten? Ich meine, sie war ja ein normaler Pegasus. Nichts Besonderes. Dachte ich. Das gab es in meiner Welt ja auch. Komisch, und ich fühlte mich seltsamerweise extrem sicher auf Vox' Rücken." Dann bemerkte ich jedoch etwas Seltsames:

Vox schwebte, denn ihre Hufen berührten nicht mal den Boden. Es war mucksmäuschenstill. Kein Hufschlag war zu hören.

Dieses Gefühl schien kein Gefühl mehr zu sein, sondern Wirklichkeit. Wenn das wirklich stimmte, dann würde es erklären, warum ich nicht runterfiel. Anscheinend trabte sie leicht in der Luft. Andrik hatte aber gesagt: „Dieser Pegasus ist für immer verletzt. Sie wird nicht mehr fliegen können`. Ich schlief fast ein, doch genau dann kam eine Stimme, die mich weckte:

„Nicht schlafen, Nuvay. So ein Tempo überlebst du sonst nicht! Ich weiß, wo es hin geht, und so weiter ... Und ja meine Hufe schweben, doch das lasse ich mir nur schwer anmerken. Ich sorge zwar mit einem Zauber dafür, dass du nicht runterfällst. Doch das heißt längst nicht, dass du nicht runterfallen kannst, wenn du schläfst! Das ist schon mal passiert ... Und außerdem – falls du dir gedacht hast:,Ich setze Vox einfach in diesem Wettlauf-für-schnelle-Pferde-Turnier ein' – vergiss es! Das ist nur blöder Kram. Dort werde ich nie und nimmer laufen!"

„Das wollte ich auch gar nicht und außerdem heißt dieser Wettlauf Pferderennen", ätzte ich zurück.

Ich würde doch nie und nimmer jemand anderem meine süße Vox herzeigen! Und schon gar nicht dort! Denn dort können die, die wussten, dass meine Voxy gewinnt, entscheiden, ob sie verkauft wird und auch noch an wen!

„Nuvay ... Ich habe viel über dich gehört, aber welche Magie besitzt du nun wirklich? Im Gegenzug sage ich dir, wohin es geht" bot Vox mir verspielt an.

Ich grinste: „Achte selbst ganz genau auf dich." Ich konzentrierte mich, stellte es mir vor und dann passierte es auch. Vox flog kurz nach oben und dann wieder zu Boden.

„Was? Niemand hatte mir gesagt, dass du Wind ‚**beherrschst**! Jeder redete nur von Feuer, Wasser und Sonnenlicht und Sonnenfinsternis. Wind ist, finde ich, die beste Magie. Damit kann man fliegen! Ich natürlich auch, da ich ein göttliches Windpferd bin. Deswegen hatte ich auch dieses Tempo drauf. Ich bin kein Pegasus. Die Flügel und das Horn habe ich nur wegen meiner Göttlichkeit. Ansonsten wäre ich ein stinknormales Windpferd. In eurer Welt gibt es auch Windpegasi aber das sind nur Halbblüter, sie sind nicht wirklich eine Gottheit, sondern eher ein Symbol dafür, dass diese Rasse nicht aussterben wird ... Vielleicht ist das unverschämt von mir ... Aber wolltest du mich wirklich nicht zu so einem Turnier bringen?", plapperte Vox.

Ich sah sie schockiert an: „Nein, das würde ich nie und nimmer tun. Willst du immer in Khyona bleiben, oder bleibst du bei mir, Vox?"

Vox wieherte und wäre sie ein Mensch, wäre das sicher ein Lachen gewesen. „Natürlich bleibe ich bei dir, Mädchen. Aber du wolltest ja wissen, wohin es geht ... Es geht zu dir nach Hause, nur durch ein anderes Tor. Wir landen eh bei deinem Zuhause gleich bei deinem Tor. Ist ja die einzige Möglichkeit, um zur Menschenwelt (Außenwelt) zu kommen. Das heißt, wir gehen rein und raus durch das gleiche Tor, einfach gesagt"

Ich fühlte Freude in mir aufkeimen. Nichts Negatives. Endlich ...

„Ach ... Andrik hatte mir gerade mitgeteilt, ich solle dir sagen, dein Bruder ist schon seit zwei oder drei Wochen verschwunden ..." Meine Stimmung sank sofort wieder. Wieso?!

„Kein guter Zeitpunkt, mich daran zu erinnern, Vox ..."

„Entschuldige ..."

„Aua! Du mieser Pegasus! Steig gefälligst auf einen anderen Feenhügel, nicht auf meinen!", piepste eine, anscheinend, Fee.

Seit wann gab es denn Feen? Ich dachte, die gab es nur im Märchen! Oder etwa nicht? Mein Bruder würde sich totlachen, wenn ich ihm erzählen würde, dass ich eine Fee getroffen hatte.

„Seit wann gibt es Feen?", fragte ich deshalb.

„Ach, schon seit einer Million Jahren! Ich war dabei als sie plötzlich auftauchten ... Komische Wesen!", berichtet Vox stolz. „Und auch unglaubliche Petzen. Damit du so einer Kreatur trauen kannst, musst du schon sowas wie eine Feenfalle machen und dann zu ihr sagen: Ich lasse dich nur raus, wenn du mir immer die Wahrheit sagst und für mich Wahrsagungen machst. Und Petzen tust du auch nicht. Alles nur nach meiner Pfeife. Ich fütter dich auch und versorge dich auch prima als Belohnung!", wies sie mich zurecht.

„Andrik hat schon ein Feenfang-Glas in deinen Rucksack gepackt. Los, mach schon! Wenn wir die Fee fangen, wird sie Wahrsagungen für uns machen und uns bei mehreren Sachen behilflich sein."

„O ... Okay", sagte ich.

Ich kramte in meiner Tasche herum und sah es nun vor mir. Ich nahm auch die Süßigkeiten und stopfte sie ins Glas. Es dauerte nur einen kurzen Moment und schon hatten wir die Fee im Glas gefangen. Ich machte es schnell zu, bevor sie etwas sagen konnte. Dann betrachtete ich die Fee nachdenklich und packte sie danach lieber in die Tasche ein.

„So, durch das Tor!", rief ich mit neuer Energie.

„Klar, nichts wie weg!" Begeistert galoppierte Vox wieder ziemlich schnell los.

Kapitel 11

Die vergebliche Suche

Ich war daheim. Es war ein schönes Gefühl. Aber wo blieben bloß Drifa, Rayna und Andrik so lange? ... Da kam etwas Großes durch das Tor. Was sollte ich tun? Ich zog mein Schwert, das immer irgendwo in einer meiner vier Scheiden vergammelte und jetzt zum ersten Mal zum Einsatz kam. Dabei versteckte ich mich hinter einem Gebüsch. Nun konnte man einen großen prachtvollen Drachen und noch einen anderen viel jüngeren jedoch auch sehr prachtvollen Drachen begutachten. Der eine hatte eine sehr feurige Aura, der andere eine sehr eisige. Seit wann arbeiteten feindliche Feuer- und Eisdrachen zusammen? Als ich von meinem Versteck aus genauer hinsah, fiel mir auf, dass auf dem Feuerdrachen ein männlicher Mensch saß. Waren das etwa ...? Erleichtert steckte ich das Schwert in die Scheide zurück und lief zu ihnen hinüber.

„Ach, ihr seid es ...", rief ich voller Erleichterung.

„So, so, Kleines." Andrik sprang von Rayna runter und tätschelte mich. „Jetzt müssen wir die Suche nach deinem Bruder starten. Die Wahrscheinlichkeiten, dass wir ihn finden, sind zwar gering, aber wir müssen es versuchen. Ach nein ... davor sammeln wir noch Infos."

Freute sich Andrik etwa gerade?! Nein ... Er war besorgt, denn seine Stimme war besorgniserfüllt. Das war auch gut so!

„Kaleb kennt eine allwissende Göttin, in die er sich verknallt hat. Die wiederum wurde von irgendeinem Hacker gefangen. Sie liebt ihn auch. So beschloss Kaleb, ganz ohne uns Genaueres zu sagen, sie zu retten. Doch leider war das eine Falle vom Hacker gewesen, für die Göttin. Der Drache, den Kaleb kennengelernt hat, hat prima dafür gesorgt, dass er sicher in die Falle tappt. Dieser Hacker ist aber sehr gierig und will sich noch eine starke Göttin fangen. Und das bist du Nuvay. Er will dich. Sein Plan ist wahrscheinlich, dass du Kaleb retten willst und dich deshalb für ihn opferst. Es wäre also besser, wenn du dir gut überlegst, was du als nächstes machst", erklärte Drifa.

„Aber was wollen die? Ich weiß nicht was die richtige Entscheidung ist. Wie können wir sicher sein, dass Nuvay wieder zurückkommt?", fragte Andrik krank vor Sorge.

„Ich finde es wäre besser, wenn wir Nuvay bei uns behalten. Wir wissen zwar, dass der Entführer ein Hacker ist, aber sonst? Wir können ihn nicht einschätzen. Auf Nummer sicherzugehen, wäre mir lieber. Überhaupt bei

Nuvay." Er runzelte die Stirn. „Soviel ich weiß arbeitet dieser Hacker für niemanden außer Kirosivisch. Und Kirosivisch bringt Kaley ... Ich meinte Kaleb oder Nuvay dann zum Hauptchef. Ja ... Ich bin mir sogar sicher, dass dieser Tausch oder dieses Wiedersehen eine Falle ist. Denn der Hauptchef hat Kaleb und wir kennen nur die Adresse von Crystal, wenn der mittlere Chef Kirosivisch ist." Rayna brabbelte wirres Zeug vor sich hin. „Also müssen wir sehr, sehr aufpassen, dass Nuvay nicht ohne unser Wissen weggeht. Sie mag ihren Bruder über alles. Sie würde sich sicher eintauschen für ihn. Habt ihr nun verstanden?", erklärte Rayna die Lage.

„Wir haben einen neuen Drachen, ein Pferd und einen Affen bekommen, da diese todkrank waren. Wir haben uns um sie gekümmert und sie gesund gepflegt. Ach, eine todkranke Katze haben wir ja auch zum Schluss gefunden. Ich konnte sie einfach nicht im Stich lassen! Trotzdem werden wir alle gemeinsam auf sie aufpassen!", prägte mir Drifa ein.

„Okay, okay, ich hab's ja begriffen!", sagte ich nun.

Ich hatte eine Idee, die 100% funktionieren würde. „Wie startet man denn einen Gedankenanruf? Oder für den Notfall, wie kann man einen Gedankenanruf annehmen?"

„Ach ...", sagte Drifa arglos und dann wurde sie wütend. „Du willst dich doch nur für Kaleb aufopfern! Oder besser gesagt eintauschen!"

„Ge... Genau!" Rayna stotterte erst, dann wirkte sie entschlossen. Auch Andrik durchaute mich sofort und stimmte mit ein.

Ich seufzte und sagte hoffnungslos geschauspielert: „Also gut ich gebe es auf."

Das kauften die mir mit Sicherheit nicht ab ... Verdammt! Könnte mir dafür die Katze behilflich sein? Wahrscheinlich. Ich war ja jemand, der dies beherrschte ...

Also ab in die Höhle, die Katze holen und in meinem Zimmer ein bisschen mit ihr quatschen.

„Na, dann gehe ich mal ins Zimmer." Ich tat so, als sei ich müde.

„Gut, dann gute Nacht!", sagten plötzlich alle wie aus einem Mund.

„Gute Nacht", schauspielerte ich und gähnte.

Dann ging ich in unsere Drachenhöhle und lockte die Katze an: „Miau, Miau, Fischchen für dich!"

„MIAU! Ich liebe Fische ..." Die Katze schnurrte. „Ja ich kann Gedankensprache, Miau! Auch noch mehr so Kram, Miau! Was soll ich tun? Natürlich mache ich nur etwas für einen Fisch als Belohnung", miaute sie.

„Komm einfach mit mir mit. Wir plaudern ein bisschen in meinem Zimmer", sagte ich leise.

„Gut, wenn du meinst ..."

„Schau, mach das genauso, wie ich es gerade denke", sprach die Katze laut und schickte mir dann in Gedanken ein paar Tipps.

Die Katze konnte mir also doch helfen. Es war also noch nichts verloren. Wir gingen in Richtung meines Zimmers und ich machte die Tür auf.

„Kommst du rein, Miau?", fragte ich flüsternd damit uns niemand hörte.

„Ja", schnurrte die Katze. Sie kam herein und ich machte schnell die Türe hinter uns zu vor Nervosität.

Ich fing an, mich mit ihr zu unterhalten. Und ganz unbemerkt näherte ich mich dem eigentlichen Gesprächsthema: Gedankensprache. Die Katze schien das nicht zu stören. Gott sei Dank!

„Wie konntest du das erste Mal annehmen? Also bei Gedankensprache kann man ja annehmen und auch anrufen. Könntest du mir beides beibringen, Mizi? Wäre mega nett und du würdest noch paar Fische dazu kassieren", flehte ich sie an. „Bitte!"

„Miau! Klar doch, für Fische mache ich alles!", miaute sie. „Aber sprich mich doch verdammt noch mal mit meinem richtigen Namen an! Ich heiße Juno."

„Okay, Juno."

„So ... Bei mir zuckt immer die Schwanzspitze, wenn ich angerufen werde. Aber das Signal ist bei jedem anders oder ein anderes Gefühl. Ich rufe dich mal an. Mal schauen, ob du was spürst, schmeckst oder riechst", miaute die Katze.

Kurz war alles ruhig, dann fragte sie: „Wird's langsam was?", fragte sie in Gedankensprache.

„Nein, ich spüre überhaupt nichts", antwortete ich. Aber wieso begann mein großer Zeh plötzlich so enorm stark zu schmerzen?!

„Doch mein Zeh schmerzt!", rief ich.

„Na also! Komisch, aber dein Empfangsort ist dein großer Zeh!", kicherte Juno. Oder war das überhaupt ein Kichern? Konnten Katzen kichern?

„Aber ... Hör mal Nuvay ..." Juno M'miaute verführerisch. „Könnte ich bei dir bleiben?"

Ich tätschelte sie. „Klar doch aber zwei Sachen bräuchte ich noch bevor wir schlafen gehen. Ich weiß zwar, wo mein Empfangsort ist ... Aber wie zum Honigschmarren kann ich Anrufe annehmen oder gar selbst jemanden anrufen?!", fragte ich. Auf einmal war ich aufgebracht, vermutlich weil ich schon müde war.

Wenn ich so aus dem Fenster in den Himmel schaute, war es ja schon sicher kurz vor Mitternacht.

„Reg dich nicht auf! Alles der Reihe nach! Hm ...", miaute Juno seufzend.

„Was ist?", fragte ich daher.

„Soll ich dich Meisterin Windy nennen oder nur Windy oder gar Nuvay?"

Ich wusste nicht, was ich darauf antworten sollte, daher wechselte ich das Thema: „Nein, ich meinte doch, lern mir alles der Reihe nach."

„Gut ... entspann dich ... Denk verflixt noch mal an etwas, das dich entspannt! Spüre das ... hey! Du hast ja schon angenommen!" Ein überraschtes Miauen entkam Juno.

Juhu! Ich jubelte in meinem Inneren. Nach außen hin musste ich mich im Zaum halten und gelassen vor meiner Lehrperson sein!

„So ... jetzt muss ich endlich nicht mehr über Gedankenübertragung direkt reden. Jetzt rede ich mit dir in der für dich normalen Gedankensprache und nicht in so einem komplizierten Anruf, den du auch manchmal nicht ganz verstanden hast. Warte ... das Wichtigste fehlt ja noch! Meine Fische!", miaute Juno.

„Hmhm! Juno! Eins noch!", erinnerte ich sie streng an unsere Abmachung. „Selbst jemanden anrufen!"

„Ich bin hungrig! Wenn ich Hunger habe, geht nichts!", jammerte Juno.

„Jaja ... okay hier." Ich öffnete die Kühlschranktür und legte ihr vier der frischesten Fische auf den Boden.

Juno genoss es, dass ich sie langsam streichelte. Endlich war sie mit dem Essen fertig. Sie seufzte.

„Gut, diese Fische waren lecker und angenehm kühl ... Nun ich rede jetzt ein bisschen miaumäßig, denn du musst ja anrufen und nur so kann ich mit dir ohne einen Anruf reden", miaute Juno. Das heißt, eigentlich miaute sie und den Rest verstand ich erst in meinen Gedanken.

So war es, um einiges schwerer sie zu verstehen! Gut ... Für den Anruf musste man vermutlich versuchen, sich zu entspannen. Zumindest, bis man es richtig beherrschte.

Was wenn ich einschlief? Aber ich konnte mich ja sowieso nicht richtig entspannen, denn ich musste die ganze Zeit an etwas denken.

„Warum dauert das so lange?", erkundigte sich Juno jammernd.

Ich überlegte, wen ich gerne anrufen würde. Am Anfang fiel mir nur Juno ein, aber dann dachte ich an den Entführer meines Bruders ... Ha!

„Hallo ...?", sagte ich zögerlich.

„Verdammt, sie hat uns angerufen", hörte ich eine raue Stimme sagen. Dann legte der Entführer auf.

Zur Übung rief ich Juno auch gleich an, obwohl wir im selben Raum waren.

„Joa, das hast du nun nach einer Weile einwandfrei geschafft", sagte Juno. Im Anruf klang sie viel deutlicher als in Gedankensprache.

Sie streckte sich und gähnte.

Also sagte ich: „Leg dich dort ins Körbchen oder wenn du willst ins Bett. Mich stört es nicht."

Ich warf einen Blick auf den Wecker auf meinem Nachtkästchen. Es war 1:00 Uhr in der Früh. Ich legte mich wohl auch besser aufs Ohr.

„Meine Lehrmeisterin", kicherte ich im Nachhinein.

Es klang so, als ob Juno ebenfalls kicherte, was sich recht niedlich anhörte. Mein Blick fiel auf das Katzenkörbchen. Seit wann hatten wir überhaupt ein Katzenkörbchen? Und die zwei Futternäpfe? Ich hatte vorhin nur so dahingesagt, dass sie sich ins Körbchen legen konnte, weil ich es unbewusst gesehen hatte?... Hatte es Kaleb gekauft?

Das brachte mich auf einen anderen Gedanken. „Warum hat Drifa Kaleb eigentlich Kaley genannt?", fragte eine leise Stimme in meinem Inneren. War das sein echter Name? Wusste er das? Wahrscheinlich nicht. Also hieß er in echt Kaley Kaleb Thordar? So wie ich Nuvay Viki Thordar hieß? Wahrscheinlich hatte jeder Thordar zwei Namen ... Keine Ahnung. Aber vielleicht war es auch nicht so wichtig. Ich musste einschlafen! Mir war so heiß, doch wenn ich die Decke ablegte gleich wieder so kalt! Juno war zum Katzenkörbchen gerannt und dort sofort eingeschlafen. War ich neidisch! Doch dann begannen auch meine Augenlider sich langsam zu schließen und ich schlief ein.

Ich träumte von meinem Bruder:

Ich war ganz allein in einem Wald. Dann war er plötzlich neben mir. Ich war ganz still und wollte nur seinen Duft einatmen.

Doch dann sagte er „Sie wollen dich für mich eintauschen Nuvay! Tu das nicht! Das darfst du nicht zulassen! Genauere Infos beim nächsten Traum."

Ich wachte mit tränenüberströmtem Gesicht auf und rief: „Bruderherz!!!"

Doch dann vergaß ich den Traum einfach. Warum weinte ich? Wegen diesem Traum? Ich konnte mich nicht erinnern ... Sollte ich versuchen, den Traum festzuhalten? Ich erinnerte mich nur halb verschwommen an den Traum, dennoch war mir klar, wovor er mich warnen wollte. War das die Warnung von meinem Bruder und er stimmte den anderen zu?

Ich dachte gerade noch über den Traum nach, da spürte ich plötzlich ein Ziehen in meinem Zeh. Ein Anruf?

*"Erinnerst du dich nicht mehr was ich dir gesagt habe? Das war eine **Warnung,** Nuvay!"*, sagte Kaleb leise mit rauer Stimme und legte den Anruf sofort wieder auf.

„Kaleb wo bist du? Lass mich deine Stimme noch mal hören, Kaleb! Bitte!", schluchzte ich.

„Das geht nicht! Nicht so wie du das willst! Ich bin bei Liskuja, genaueres kann ich gerade nicht sagen", teilte er mir per Gedankensprache mit.

„Kaleb! NEIN!", rief ich.

„Ach wie herrlich es bei dir ist, Windy! So schön geordnet und alles. Ich konnte hier auch so gut schlafen!" Juno miaute laut. Es hörte sich an wie ein Lachen. „Wahrscheinlich hast du das mühelos mit deiner Windmagie gemacht!"

„Nein, ich wusste gar nicht, dass das geht", sagte ich stirnrunzelnd.

„Echt?" Auf einmal wurde sie ernst. „Du musst noch viel lernen, Windy, das weißt du, oder?"

Ich schaute an ihr vorbei, weil ich ihr nicht in die Augen schauen wollte. „Ja."

Dann begann Juno plötzlich über etwas anderes zu sprechen.

„Joa ... Kaleb ist ein Gott. Halb-Gott zumindest. Aber er bringt nichts zustande. Asteroiden können ihm nicht so leicht was tun. Nur ein Mensch wäre dazu in der Lage. Einer mit Magie oder besonderen Fähigkeiten, wie zum Beispiel Hacken. Dein Bruder trägt den Namen Kaley seit 3 Wochen. Weil der Hacker ihn zu einem Gott gemacht hat und ihm diesen Namen gegeben hat."

Sagte deshalb Rayna Kaley zu Kaleb?! Endlich kannte ich den Grund!

„Ist ... Kaley ... Wirklich Kaleb?", fragte ich mit zitternder Stimme.

„JA NUVAY", miaute Juno laut.

Dann knurrte mein Magen und mir wurde bewusst, dann ich großen Hunger hatte.

„Frühstück! Fast vergessen!"

„Lecker! Davon krieg ich auch was ab, oder?!", sagte die Katze miauend. Es hörte sich lustig an.

„Ich gebe dir einen Fisch in deinen Fressnapf." Ich machte eine kleine Handbewegung und der Kühlschrank öffnete sich, ein Fisch schwebte in Junos Napf, dann schloss sich der Schrank wieder. Aua! Mein großer Zeh! Mich rief jemand an! Ich musste mich entspannen!

Ich versuchte mich zu beruhigen, dachte an Andrik, und an ... meinen Bruder, wie er mich anlächelte ...!

„Heute Nacht um Punkt 23 Uhr treffen wir uns in der Mitte von Dragonskar und du tauschst dich gegen Kaleb ein. Bring niemanden mit, denn ansonsten wird es dieser Person schlecht ergehen", rief eine unbekannte Stimme.

„Aber ...", stotterte ich.

„Kein aber!", rief die Stimme. Das waren seine letzten Worte, danach legte er sofort auf. Na toll ...

Die Tür wurde aufgerissen und ich sah einen Pavian, der im Türrahmen stand.

„*Tim!* Ach, wie schön, dass du mich besuchst!", miaute Juno sarkastisch.

Der Pavian antwortete geschmeichelt. „Halb so wild. Musste dich doch mal besuchen."

„Ach ja?", fragte Juno.

Das war doch dieselbe Stimme wie gerade beim Gedankenanruf! Brüderlein, ich werde dich retten!

„Hey! Pavian! Sag wo ist Kaleb!? Du hast mich doch gerade angerufen! Diese Stimme und dieses Krächzen sind unverkennbar! Also sag schon!", rief ich aggressiv.

„Wieso beschuldigst du mich?! Was kann ich dafür, dass dein blöder Bruder entführt wurde?! Blödes Menschenweib!", fauchte Tim.

„Hey! Lass sie doch! Deine Reaktion ist aber mehr als übertrieben, Tim! Sag schon, warst du es?! Wenn du es sagst, dann verzeihen wir dir vielleicht!", fauchte Juno.

„Niemals! Außerdem habe ich gar nichts zuzugeben, denn ich war es nicht!", rief Tim empört.

„Juno, ich gehe heute Nacht dorthin. Tim, ich ergebe mich! Juno, falls du das kannst, leg einen Zauber über mich, wenn ich gehe, damit man mich nicht sieht!", rief ich entschlossen.

„Okay, Windy, aber warte noch kurz ... Falls es das letzte Mal ist, dass ich dich sehe, möchte ich dir noch meine Magie verraten: Ich bin Kardinale. Also kann ich darüber entscheiden, ob die Welt und die Bewohner sterben oder nicht. Zumindest zählt meine Stimme 50 % zu dem Ergebnis, den Rest entscheidet der Götterrat. Ich kann manchmal sogar Asteroiden vom Himmel fallen lassen. Und auch kleinere Wünsche erfüllen, wie z. B. eine Krankheit zu heilen. Ich bin eine Göttin", miaute sie leise.

„Wow! Du bist der größte Stufengott! Das ist so cool! So talentiert!", sagte ich begeistert.

Dann hörte ich ganz plötzlich starke Flügelschläge, die vom Himmel her zu uns drangen. Es hört sich nach Rayna an. Perfekt! Wenn Rayna weg war, blieben nur noch Andrik und Drifa.

Währenddessen war Tim noch damit beschäftigt, sich zu rechtfertigen. „Ich bin es wirklich nicht. Ihr könnt mir

glauben. Wenn nicht dann ... weiß ich auch nicht ...!",
rief er hoffnungslos.

„Also ich gehe erst mal Frühstücken, denn ich habe einen Riesenhunger!", sagte ich und mein Magen knurrte als Bestätigung.

Als ich die Treppen runterlief sah ich den verschlafenen noch halbträumenden Andrik und Drifa, die neue Kleidung trug. Ihre blonden Haare strahlten viel heller als sonst und sie hatte ein seidig weißes Kleid an. Sogar einen blauen Umhang und schneeweiße Schuhe trug sie. Das war gerade erst das dritte Mal, dass ich Drifa in Menschengestalt sah. Sie schaute echt atemberaubend aus! Ich hatte fast vergessen, wie gut sie aussah ... Wow, so wunderschön wie an dem Tag hatte sie noch nie ausgesehen ... Doch Andrik hatte sich keineswegs verändert. Er hatte noch immer seine schmutzigen und zerrissenen Klamotten an. Anscheinend konnte er sich einfach nicht ändern. Es war ihm zu schade, seine Klamotten wegzuwerfen, selbst wenn sie zerrissen waren. Kichernd schüttelte ich den Kopf.

„Deine Kleidung steht dir echt gut", lobte ich Drifa. „Weißt du vielleicht wo Rayna hingeflogen ist?" Drifa tauschte einen misstrauischen Blick mit Andrik.

„Schon gut, ist nicht so wichtig ...", sagte ich also.

Ich ging in Richtung Kühlschrank in der Küche, sah dann aber neben dem Kühlschrank eine Scheibe Toastbrot. Ich nahm Schinken und Käse aus dem Kühlschrank und toastete das Brot.

„Noch leckerer kann Toast wirklich nicht sein!", hörte ich mich beim ersten kleinen Bissen sagen. „Drifa? Andrik? Wieso schaut ihr so niedergeschlagen? Ich bin doch hier. Was ist denn?!"

„Andrik, sollen wir …?", fragte Drifa vorsichtig.

„Ja", antwortete er mit geheimnisvollem Unterton.

„Wir sind schlecht gelaunt, weil wir heute Nacht den gleichen Traum hatten. Wir wissen, dass du uns verlassen willst", sagte Drifa.

„Stimmt doch gar nicht! Ich habe zwar einen Anruf bekommen, das stimmt, aber Kaleb hat gesagt, ich soll mich darauf nicht einlassen … Wartet, mein Toastbrot muss gegessen werden!"

Ich brauchte 15 Minuten, um das Toastbrot fertig aufzuessen.

„Okay … Ich höre ja auf Kaleb, aber ich will nur sehen, ob er dort tot liegt, denn sie haben es so gesagt und ich will … Ich will doch nur … !" „Papperlapapp!", rief Drifa. „Nuvay! Mach dir keine Sorgen sie. Ich denke, sie werden Kaleben zurückbringen, wenn man dem Glauben schenkt, was er per Gedankenübertragung sagte. Sie glauben, dass er zu nichts nutze sei."

„Äh … wenn ihr meint …", sprach ich leise. Ich hörte ihnen nicht mehr ganz zu, da ich im selben Moment Raynas edle Flügelschläge hörte, als sie landete.

„R… !", rief ich, „Rayna!"

„Hm …?", fragte sie.

Sie landete und verwandelte sich in einen Menschen. Rayna hatte nun auch etwas Neues an! Sie hätte ruhig Andrik mitnehmen können! Was sie anhatte passte perfekt zu ihr. Ich strahlte sie bewundernd an. Sie trug ein herausstechendes rotes Kleid, das auch feurig wirkt, und sie hatte auch passende Schuhe zum Kleid, sowie ein Haargummi, an dem ein Tuch herunterhing. Ihre schönen gelben Augen und ihre blonden Haare leuchteten wie wild.

„Drifa! Rayna! Ihr seht heute so hübsch aus!", lobte ich sie.
„Danke für dein Kompliment!", bedankte sich Rayna höflich.

Ich vermutete, dass Rayna nicht von diesem Traum Bescheid wusste ... Auch wenn ich mich selbst nicht mehr genau erinnern konnte, spürte ich, dass Rayna zu gut gelaunt war, um davon erfahren zu haben.

***

Ich war gefesselt. Doch das war nur ein kleines Problem. Ich hoffte einfach nur, dass Nuvay nicht kommen würde. Als hätte ich jahrelange Erfahrung rief ich, ohne zu wissen was ich damit bezweckte, „Jetzt!" Wahrscheinlich wartete ich insgeheim auf eine Befreiung.

„KALEB!", rief jemand. „Ja?", fragte ich.
„Ist das eine Falle?", fragte die Stimme.
„Ja, Nuvay komm nicht näher!", antwortete ich sofort.
„Gut", sagte sie.

Im ersten Moment dachte ich, Nuvay würde trotzdem herkommen. Aber stattdessen war ein Mädchen mit blauen Haaren und blauen Augen in Maid-Kleidung plötzlich neben mir aufgetaucht. *An meiner Seite.* Sie sah aus wie ein ganz normales Mädchen, doch trotzdem wirkte sie, als wäre sie ein Oni ohne Horn. Onis waren Dämonen. Trotzdem war sie einfach zuckersüß ...

„Keine Zeit für Erklärungen!", rief sie, als sie meinen fragenden Blick bemerkte.

„Ich heiße Remily, ich kenne dich von früher. Diese Waffe hast du noch nicht gesehen was? Das ist ein Morgenstern", erklärte Remily.

Meine Sicht wurde rosarot. Ich sah Herzchen um sie, und dann kleine Sternchen als sie sich schüttelte. Es sah aus, als ob all ihre Bewegungen in diesem Moment in Zeitlupe geschehen würden.

Sie schwang ihren Morgenstern, eine Waffe, die alles zerstörte. Abgefahren! Remily war so süß und talentiert und ... Sie passte zu mir. Nichts gegen Liskuja! Aber Remily war einfach besser ...! Blaue Augen, blaue Haare, die in der Sonne viel dunkler wirkten, und ein zuckersüßes kleines rosa Schleifchen in den Haaren. Einfach unglaublich süß. Dafür war Liskuja allwissend und extrem schlau. Und auch süß. Aber nicht so süß wie Remily, dachte ich mir.

„Pass jetzt gut auf deinen Körper auf!", rief Remily.

„W... ?" Ich erstarrte.

Doch sie schwang schon ihren Morgenstern auf meine Ketten, die sich dadurch ein bisschen lockerten. Ich dachte für einen Moment, ich würde gleich sterben.

Einen Kratzer bekam ich wirklich ab. Zuerst tat er nicht weh, doch dann sprang die Wunde auf und begann extrem stark zu bluten.

„Aua!", rief ich schmerzerfüllt.

„Ich habe doch gesagt, *du sollst auf dich aufpassen!*", zischte sie belehrend. „Boa! Du verblutest mir ja noch!", schimpfte sie dann.

„*Was kann ich dafür?*", zischte ich zurück.

„Alles!", zischte sie zurück. „Du solltest aufpassen! Ich habe dich gewarnt. Im Laufe der Zeit habe ich aber zum Glück noch mehr gelernt als nur mit dem Morgenstern umzugehen", flüsterte sie leise.

„Freude in mir, erwecke meine Macht!

Heiler werden dich durchströmen, du Macht!

Seile und Verletzungen krümmt euch klein und schwindet vor der Macht!

Hoch in meiner Welt verbanne ich euch!

Oh, ihr fürchterlich schmerzendes Blut!"

Langsam sah ich wie sich all meine Ketten lösten und die Verletzung verschwand.

„Woher ... kannst du das?", fragte ich.

„So wie du Wind kannst, beherrsche ich die stärkste Heilermagie. Damit sie noch stärker heilt als normalerweise und auch gegen Schmerzen benutze ich Sprüche, die ich mir selbst ausgedacht habe", erklärte Remily stolz.

„Ich zeige dir meine stärkste Attacke, Kaleb!", rief sie dann. Ihr Horn auf ihrer Stirn leuchtete auf. Der Morgenstern begann ebenfalls zu leuchten. Sie bewegte sich schneller, als ich es je zuvor bei einem Lebewesen gesehen hatte. Zehn Bäume fielen innerhalb von zehn Sekunden in ganz kleine Holzblöcke zusammen. Ich wünschte, ich könnte wie bei Minecraft eine Hit Box sehen und eine Zahl, wie viel Schaden sie machte.

Auf einmal sah ich über mir lauter Sterne. Was hatte das zu bedeuten? Dann plötzlich sah ich wie in einem Spiel, die Hit box und die Zahlen wie viel Schaden es machte. 30 000 Schaden, Respekt! Das musste man auch mal hinkriegen. Man musste im Hinterkopf behalten, dass sie ja ein Mädchen war. Dann merkte ich, dass jetzt vieles sich so veränderte, wie ich es mir wünschte. Es wurde alles zu einem Spiel. Ich stellte mir vor, dass ich einen Pfeil hatte und wenn ich diesen abschoss, würden sich all meine Träume erfüllen. WAS?!, dachte ich mir nur? War ich vielleicht durch einen Wunsch in eine Parallelwelt geschickt worden?

„Remily? Wo sind wir hier?", fragte ich.

Sie antwortete: „Durch deinen Wunsch befinden wir uns jetzt in deiner selbsterstellten Welt. Hier kannst du dir als Administrator alles wünschen. Doch keiner der Wünsche kann rückgängig gemacht werden. Ist mir auch mal passiert. Aber bevor du unendlich viele Wünsche frei hast, brauchst du einen Namen für die Welt. Okay, Kaleb?" Sie sah mich an.

„Okay", sagte ich als Reaktion. „Underwood."

„Jetzt ruf ein bisschen lauter: System! Nenne diese Welt Underwood", prägte mir Remily ein.

„Okay ... System! Nenne diese Welt Underwood!"

„Ich wiederhole! Diese Welt heißt Underwood, korrekt?"

„Korrekt!", rief ich.

Plötzlich tauchte das Hologramm eines Mannes vor uns auf.

Er redete mich gleich an: „Du bist jetzt der neue Administrator, ich will diesen Job nicht länger machen. Du musst sagen: Administrator, bye bye!"

„System! Bye bye, Administrator!", rief ich.

„Okay, warte kurz", rief der frühere Administrator.

„Wieso fliegst du weg Kaleb?! Ich brauche dich hier!", rief Remily verzweifelt.

„Sorry, keine Ahnung, wie das passiert ist und was gerade passiert. Bau dir eine Hütte. Ich komme dann zu dir", versprach ich ihr.

Eine Träne tropfte von meiner Wange und verwandelte sich in nie schmelzendes oder kaputtmachbares Eis. Remily hob die Eisträne sofort vom Boden auf und steckte sie ein. Das war nun ein Administrator-Objekt. Sie hatte mit der Träne drei Wünsche frei. Sobald sie diese ausgesprochen hätte, würde sich die Träne auflösen.

Sie sah noch einmal hoch zu mir, genauso wie ich noch einmal zu ihr sah und wir weinten beide, denn vielleicht würden wir uns danach nicht mehr wiedersehen. Doch dann hörte ich Schritte, die auf mich zukamen. Wer das wohl war?

„Keine Angst", sagte eine Stimme zu mir. „Ich komme nur und mache dich zum Administrator und danach verschwinde ich und du wirst mich nie mehr wiedersehen."

„O... Okay." Ich wusste nicht, was ich sonst antworten sollte. „ADMINISTRATOR ARE KALEB KALEY THORDAR!" Der Mann grinste. „Ich gehe jetzt dorthin, wo ich hingehöre. Du bist jetzt der neue. Bye bye!"

Blendend weißes Licht strahlte auf den Mann herab und zog ihn so weit nach oben in der Ferne, dass ich ihn nicht mehr sehen konnte. War das dort das zweite Himmelsstockwerk? Ach so ... Weltenborder ... Das hieß, er wurde in die Götterwelt teleportiert. Plötzlich musste ich an Nuvay denken. Sie würde bald eine Göttin sein. Stolz überflutete mich.

„Weltüberblick", befahl ich. Ich sah nun die ganze Welt in meinem Sichtfeld. Die ganze Welt bis auf Remily. Wo war sie? Ah da! Sie baute gerade ein Haus.

„Remily Fähigkeiten auf Stufe drei", sagte ich.

Das Haus wurde immer schöner! Es wurde langsam, aber sicher zu einer Villa! Woah!

„Remily!", rief ich mit Tränen im Gesicht. Ich wusste gar nicht, warum ich überhaupt weinte. Sie schien mich zu hören, denn sie sah sich um. Aber sie konnte mich nicht sehen. Ich fing an zu weinen.

„Kaleb! Komm her! Nicht verstecken spielen! ...", sagte in einem lieblichen Akzent von einer Maid.

„System! Let me to her", befahl ich der Welt.

Nun konnte ich runter zum Boden fliegen. „Remily?", fragte ich unsicher.

„Ja?", fragte sie ebenfalls unsicher und eine Träne rann ihr die Wange herunter.

„Remily, wollen wir nicht lieber zurück in die reale Welt gehen?", fragte ich nun.

„Ja. Ich will unbedingt zurück. Beschwör doch einfach einen neuen Admin wie es der letzte gemacht hat. Und sag das gleiche, was er zu dir sagte", riet sie mir mit lieblicher Stimme.

„Ich bin der Admin! Wieso sollte ich jemand anderem diese Macht geben!", schrie ich. „Oh ... Sorry, dass ich geschrien habe, Remily."

„Sch... Schon gut", beruhigte Remily mich. Dann erklärte sie mir alles bis ins kleinste Detail. Ob ich es mir merken würde? „So Kaleb. Beschwöre Liska damit wir nach Hause können. Sie wünscht sich diese Welt, also wird sie diese Welt auch kriegen", sagte Remily unruhig.

„Okay", zischte ich lieb. „Human come from the next portal. Come here!" Nun kam ein süßes Mädchen herein, von mir herbeschworen. Sie war nur süß, mehr nicht! Remily war besser, Punkt. Rosa Haare, rosa Kleid, rosa Augen und rote Schuhe. Niedlich, nicht mehr. Ist wahrscheinlich dumm in Kopf, wenn sie mir eine Ohrfeige gibt. Und da habe ich sie. Die Ohrfeige ... Aber dann grinste sie zufrieden. „Ich danke euch sehr, dass ihr mich aus meiner Welt befreit habt. Beschwört jedoch noch jemand anderen, denn ich will Bewohner sein, kein Admin. Ich bin Liska." „Okay", seufzte ich. „Human come from the next portal. Come here!" Zum Glück kein Mädchen mehr. Denn ich sprach ungefähr die Worte fünf Mal und das waren zwei Buben, die in Ohnmacht gefallen sind, also konnte ich sie nicht zum Admin erklären und dann noch drei Mädchen ... Die haben aber das gleiche gesagt wie Liska ... Bevor ich diese Menschen beschworen habe, hatte ich ein Portal gebaut und es klein geschrumpft, damit ich es nach Hause tragen konnte. „Du, Junge, bist der Admin", sagte ich gelangweilt. „System! Release!" Nun wurde meine Adminleiste immer kleiner, bis sie nicht mehr existierte.

„Hopp! Nachhause!", rief Remily mir zu.

„Ja ich komme ja schon!", antwortete ich. „Warte! Wo wollen wir überhaupt hin? Mir wäre am liebsten nach Hause zu Nuvay!"

„Dann dorthin" lächelte Remily.

Nun gingen wir schon zwei Stunden in Richtung Tor, doch sahen noch immer keines. „Dort!", rief Remily.

„Ah! Stimmt!" Ich runzelte die Stirn. Als wir nur daran dachten in unsere Welt zu kommen, wurde uns schwindelig und wir wachten in unserer friedlichen Welt wieder auf. Alles sah aus wie früher ... Ich seufzte. Aber bis wir bei Nuvay sein würden, dauerte es noch ein Weilchen ...

Kapitel 12

Verfolgt

„Nuvaylein! Ich bin's, Crystal! Warum läufst du denn von mir weg?", rief Crystal.

„Ich laufe weg, weil du der Hacker bist!", rief ich verzweifelt. Es war mein Kindheitsfreund Crystal. Ich hatte gewusst, dass er ein Hacker war, aber … So einer, das hätte ich nicht erwartet. „Nein! Also eigentlich schon, aber …", begann er. „Ich bin nicht mehr so! Ich habe deinen Bruder zwar zuerst gefangen genommen, aber danach wollte ich ihn gehen lassen, weil mir klar geworden ist, wie schrecklich ich war! Also habe ich ihn gesucht und Remily zu ihm geführt! Die CEO hatte ihn!"

Ich blieb stehen und schaute ihn an. „Was?! Die CEO? Also C E O ?! Crystal!"

„Ich tue das gerade nur für dich, Nuvay." Er weinte, aber wirkte entschlossen. Ich sah, wie zwei Typen, die wie Bodyguards aussahen, in meine Richtung rannten. Der Hacker war aber schneller. Er warf sich auf mich und wandte einen Illusionszauber an. Vor mir stand jetzt zwar ich selbst, aber ich wusste, dass es trotzdem Crystal war. Ich konnte mir seine weißen Haare und die blauen Augen trotz des Gestaltwechsels noch immer lebhaft vorstellen. Dann war die CEO bei uns und einer von ihnen schlug Crystal in den Bauch. Er wurde an den Armen gefesselt, vielleicht damit sie ihn ohne Probleme entsorgen können? Aber die CEO waren doch Sicherheitsleute! Wieso taten sie das?! Wieso verfolgten sie mich?! Auf jeden Fall musste ich Crystal befreien.

Sie zogen ihn von mir weg, weil sie dachten, er wäre ich.

Das würde ich nicht zulassen! Ich verfolgte die CEO und bemerkte, dass sie nur hundert Meter weitergekommen waren. Ich lachte laut auf. „Windmagie!", schrie ich. Oh, ich hatte es ganz vergessen ... so ging das ja nicht ... Ich musste mich konzentrieren.

Vor meinen Augen wurde Crystal noch einmal in den Bauch geschlagen und wurde ohnmächtig. Ich dachte daran, wie mein Wind Crystal befreien und die CEO mit voller Wucht wegfliegen lassen würde. Danach sollte das Durcheinander sich auflösen. Es funktionierte. Die Wächter flogen wie durch Zauberhand durch die Gegend, drehten sich im Kreis und wurden immer kleiner und kleiner, bis sie nicht mehr zu sehen waren. Ich lachte über die erbärmliche Schwäche der CEO. Crystal kam wieder zu Bewusstsein.

„Wieso hast du das für mich getan?", fragte er verwirrt.

„Du hast mich ja zuerst gerettet. Und ich finde, du passt perfekt in unser Team. Auch wenn du verantwortlich warst, dass mein Bruder verschwunden ist", sagte ich ernst.

„Wenn du meinst ... Dann nehme ich deine Einladung herzlichst an. Die CEO war nur halt ... Für mich wie eine Art Familie ... Auch wenn sie mir viel Leid brachten. Deshalb tat ich das alles für sie ...", antworte Crystal.

„Oh, was ist denn mit deiner richtigen Familie passiert? Wenn du nicht darüber reden willst, sag es nicht. Ist mir recht", meinte Nuvay, erwartete jedoch keine Antwort auf ihre Frage.

Der Hacker Crystal ... Er war ganz anders als alle anderen ... Nicht besessen von irgendwas oder irgendwem. Ein ganz normaler Freund ... oder vielleicht sogar *mein*

Freund ... Überlegte ich gerade, ob der Hacker mein fester Freund werden könnte? Was für ein Unsinn! Aber vielleicht ja doch nicht ... Ich bekam rote Wangen. Was für peinliche Gedanken!

„Ist dir heiß Nuvay? Du bist ja ganz rot in Gesicht. Schau mal in den Spiegel, wenn du mir nicht glaubst", sagte er.

„Du Idiot" lachte ich.

„Habe ich was Lustiges gesagt? Nuvay, sag schon", rief er jetzt auch mit roten Wangen. Wieso erröteten seine Wangen jetzt auch? „Hey! Ist dir heiß?" Lachend wischte ich meine Lachtränen ab. „Denn ... Du hast ... Rote Wangen!"

„Waaasss?! Hör bloß auf!", fauchte er. „Okay, ich sag ja schon nichts mehr", sagte ich lachend.

Okay. Crystal war jetzt also in unserem Team, aber ... hatte er nicht gesagt er hätte meinem Bruder befreit? Wenn ja, wo war er dann und was machte er gerade? Aber zumindest hatte ich Crystal. Er hatte mich gerettet – war ich ihm so viel wert? Wenn das dies ist, was ich denke ... Ist Crystal in *mich* verliebt. Und ich ... Und ich auch in ihn? Ich weiß nicht ... wer passte besser zu mir? Gab es denn keine Smartphone-App, mit der ich herausfinden konnte, wer besser zu mir passte?! *Aber ich hatte ja gar kein Smartphone ...* Vielleicht würde sich auch zeigen, wer besser zu mir passte, wenn sie um mich kämpfen würden. Man könnte es auch als Wettrennen um mich bezeichnen ... Ich begann zu kichern.

***

Liskuja

Hört mir zu! Ich bin Liskuja und allwissend, und ich sage euch, diese Welt wird kaputt gehen!

Wer auch immer mir gerade zuhört, Drifa oder Rayna. Ich kann es nur wiederholen: Diese Welt wird morgen ihr Ende finden! Niemand hört mir zu! Jetzt bin ich hier und befreit vom Hacker. Dennoch kehre ich in meine Welt zurück, da hier anscheinend niemand eine allwissende Göttin wie mich braucht. Ich bin gekommen, weil ich dachte, ihr braucht mich, und dass ich hier Freunde finde. Ich wollte eure allwissende Verbündete sein. Aber ich habe keine Freunde bekommen! Ihr habt euch so gut wie gar nicht um mich gekümmert. Nur von Kaleb möchte ich mich morgen noch verabschieden, dann verschwinde ich für mindestens hundert Jahre.

Wenn mich meine Allwissenheit nicht täuschte, hörte sich Rayna gerade meine Nachricht an. Ich seufzte.

Kapitel 13

Asteroiden

Sternschnuppen? Um 6 Uhr? Das war selten und komisch.

„Hi", rief ich.

„Hi Kaleb ... Wo warst du? Egal, schau! Sternschnuppen!"

„Als hätte ich sie noch nicht gesehen, Drifa." Ich schnaubte. „Die sind ganz schön früh dran, nicht?"

„Ja, keine Ahnung was mit denen nicht stimmt", lachte ich. „Ich hole mal Nuvay", erklärte Drifa.

„Ja, mach das."

„Warum ist diese Sternschnuppe so groß?! Das ist viel zu groß für eine normale Sternschnuppe!"

Nun rannte Nuvay zu mir. „Dies ist ein Asteroid! Achtung! Flieht!"

Denkst du ernsthaft ein einziger Mensch schafft das? Beim großem Odin wir bräuchten den Auserwählten oder einen Gott! Misstrauisch schielte Drifa Nuvay in Drachengestalt an.

„Ich glaube es nicht, ich weiß es!", zischte Nuvay. Sie würde sich opfern. Nuvay ...

***

Ich war die Auserwählte. Somit war ich die Einzige die, sich für die ganze Welt vor dem Asteroiden opfern konnte. Mit etwas Glück könnte ich es schaffen, den Asteroiden zu überleben, aber meine Chancen waren gering. Nur ich konnte Drifa, Rayna, Kaleb, Remily, Juno, Vox und all die anderen retten.

„Vox, hol von hier in der Nähe im Umkreis von 100 Kilometern. Damit ja niemand hierbei stirbt! Sofort! Bring sie ins frühere Reich aller Drachen!", befahl ich Vox.

Sie nickte. „Okay"

„Juno, spring auf Vox' Rücken und halte dich an ihrer Mähne fest. Sonst wirst du sterben, wenn du Pech hast! Auch unsere Tiere dürfen nicht sterben, selbst wenn ich versage!", rief ich.

„Okay, ich gebe mein Bestes", miaute Juno. „Ich vertraue dir, Windy."

Niemand war mehr in der Nähe und alles war stickig heiß und feurig am Boden. Wenn ich starb, würde die Welt wieder normal, aber wenn nicht ... Dann müsste ich eben so lange durchhalten, bis diese Asteroiden verglühten! Gut ...

„Liskuja?!", rief ich erschrocken dem Mädchen zu, das plötzlich aufgetaucht war.

„Du schaffst das, Nuvay! Glaube an dich, Göttin und Königin der Winde!", zischte sie schnell.

Okay, warum auch immer sie mich Göttin und Königin nannte. Egal. Das war sowieso mein Ende. Ich flog so schnell wie der Blitz zum Asteroiden hinauf und dachte: „Jetzt ist mein Game Over gekommen."

Dann bemerkte ich, dass ich plötzlich eine Windkrone und ein weißes Kleid mit einem goldenen Schimmer und goldenen Streifen trug. Mit einem Mal verstand ich es ... Ich war jetzt eine Windgöttin. Dank Liskuja. Ich war die erste Windgöttin also die Königin der Winde und aller Windgötter die nachfolgten. Jetzt hatte ich größere Überlebenschancen. Ich streckte meine Hände nach oben aus. Der Asteroid war nur noch ein paar Meter entfernt. Nun berührte ich den Asteroiden mit meinen Händen.

Er war sowas von heiß. Dennoch zog ich meine Hände nicht zurück. Ich machte das für die Welt. Was würde jetzt wohl mit mir passieren?

Zu dem Buch Dragon Changers

Es war das erste Buch der Autorin Nicole Prosser. Sie hatte es mit viel Mühe geschafft zu erstellen und natürlich zu schreiben. Sie hatte dieses Buch im Jahr 2022 geschrieben. Sie dankt euch sehr, dass ihr dieses Buch gekauft habt.

Ein Tipp für Drachenfans, die an die Fantasy der Drachen glauben: Glaube fest daran, dass die edlen Drachen alle zusammenarbeiten, um ihre Heimat, das Bermuda-Dreieck, zu beschützen. So besänftigst du vielleicht sogar deine Gefühle, die die ganze Zeit den Himmel anstarren wollen.

Die Autorin

Nicole Prosser wurde 2010 in Wien/Österreich geboren. Dragon Changers ist das erste Buch der Jungautorin. Darin verbindet sie zwei ihrer liebsten Elemente aus der Fantasyliteratur: Drachen und Wandler. Das Buch ist entstanden, als sie ihre Fantasie nicht mehr bändigen konnte und eifrig darauf los schrieb. Natürlich war das Schreiben eine Herausforderung; sie ist stolz, diese gemeistert zu haben.

novum VERLAG FÜR NEUAUTOREN

Der Verlag

*„Wer aufhört
besser zu werden,
hat aufgehört
gut zu sein!*

Basierend auf diesem Motto ist es dem novum Verlag ein Anliegen, neue Manuskripte aufzuspüren, zu veröffentlichen und deren Autoren langfristig zu fördern. Mittlerweile gilt der 1997 gegründete und mehrfach prämierte Verlag als Spezialist für Neuautoren in Deutschland, Österreich und der Schweiz.

Für jedes neue Manuskript wird innerhalb weniger Wochen eine kostenfreie, unverbindliche Lektorats-Prüfung erstellt.

Weitere Informationen zum Verlag und seinen Büchern finden Sie im Internet unter:

www.novumverlag.com

novum pocket

RON RICHIE

EREIGNISSE
AUS ZWEI SICHTEN

novum pocket

Bibliografische Information
der Deutschen Nationalbibliothek:

Die Deutsche Nationalbibliothek
verzeichnet diese Publikation in der
Deutschen Nationalbibliografie.
Detaillierte bibliografische Daten
sind im Internet über
http://www.d-nb.de abrufbar.

Alle Rechte der Verbreitung, auch
durch Film, Funk und Fernsehen, fotomechanische Wiedergabe, Tonträger, elektronische
Datenträger und auszugsweisen
Nachdruck, sind vorbehalten.

Gedruckt in der Europäischen Union
auf umweltfreundlichem, chlor- und
säurefrei gebleichtem Papier.

© 2025 novum publishing gmbh
Rathausgasse 73, A-7311 Neckenmarkt
office@novumverlag.com

ISBN 978-3-903468-13-9
Umschlagfoto: Ron Richie
Umschlaggestaltung, Layout & Satz:
novum Verlag
Innenabbildungen: Ron Richie

Die vom Autor zur Verfügung
gestellten Abbildungen wurden in der
bestmöglichen Qualität gedruckt.

www.novumverlag.com

Vorwort

Ich möchte mich bei allen bedanken, die mich ermutigt haben, meine Erfahrungen aufzuschreiben.

Dabei werde ich Punkte überschreiten, wo es keiner wagen würde, sie aufzuschreiben, die ich aber erlebt habe. Bei allem versuche ich objektiv und wahrheitsgemäß zu schreiben, obwohl es viele Jahre her ist. Die Namen sind aus Respekt vor jeder einzelnen Person verändert. Mein Ziel ist es, Leute zu ermutigen, dass es immer Neuanfänge gibt, auch wenn manche Zeiten sehr schwer und intensiv waren oder immer noch sind.

„Erst wenn die Macht der Liebe über die Liebe zur Macht siegt, wird die Welt Frieden finden."
Jimi Hendrix

Inhaltsverzeichnis

Vorwort........................ 5
Bedrückende Kindheit 9
Anfang meiner intensivsten
Zeit vor dem Neuanfang 11
Kontakt mit mehr Gewalt 13
Ekstatische Zeiten mit Kundenfeten,
Trampen und Konzertausflügen. 18
Konkrete Erinnerungen an Tramps,
Feten und Konzerte 19
Kunde sein und Ärzte 23
Kunde sein und NVA 24
Kunde sein und Knast 25
DDR und Alkohol 27
Frauen 29
Lockruf der Stasi 33
Verrat 41
Langsame Veränderung 43
Kettenreaktion in der Familie,
nach meiner Bekehrung zu Jesus 53
Lebe heftig, lebe intensiv, stirb jung? 58
Begriffserklärungen 60
Anhang I 62
Anhang II 65
Kettenreaktion in der Familie 67

Bedrückende Kindheit

Ich sitze gerade auf meinem Sofa und höre eine LP von der Gruppe Renft. Es läuft gerade der Titel „Irgendwann werde ich mal ... etwas Großes tun." Mir läuft innerlich gerade mein Leben noch einmal ab. Aus meiner Kindheit spielt gerade der Abschnitt ab, als ich im Kindersitz vom Fahrrad meiner Mutter saß und mit ihr meinen Vater in Bocksdorf verfolgte. Es war wie im Krimi. Mein Vater hatte sie in dieser Zeit mit einer jungen Kollegin betrogen. Die Folge war, dass meine Mutter von da an unser Zuhause zum Kriegsgebiet machte. Sie hetzte mich so auf, dass ich meinen Vater mit fünf Jahren mit einem Federballschläger auf den Kopf haute, obwohl ich meinen Vater gern hatte. Mein Vater zeigte mir später, wie meine Mutter ihm Reißzwecken auf die Stulle getan hatte. Auch er nahm mich später mit dem Fahrrad mit, weil meine Mutter später intensiv, dass gleiche tat. Sie traf sich öfter mit ihren Liebhabern im kleinen Wäldchen bei uns. Trotz alledem bemühten sich meine Eltern um mich. Aber durch das ständige Geschreie bekam ich innerlich traurige Gefühle. Bei dem Besuch meiner Freundin Beate einige Jahre später war ich kurz davor, den Stuhl auf den Mittagstisch zu hauen, als mein Vater wieder sinnlos Streit mit allen anfing und auch Beate angriff.

Meine Erinnerung ist auch so, dass ich miterlebte, wie meine Mutter bis Anschlag Stasi- und SED-Liebhaber hatte, die auch zu uns nach Hause kamen und sich keinen Kopf machten, weil ja meine Mutter verheiratet war. Meine Mutter nahm mich auch einige Male mit, als sie mit ihrem Liebhaber z. B. meine Tante Olga in Nauen besuchte. Das bewirkte bei mir, dass ich komische Gedanken und Gefühle bekam.

In der Schule hatte ich eigenartigen Denkdruck und mir fiel das Lernen schwer. In mir baute sich extreme Rebellion gegen meine Eltern, SED, Stasi und den Staat auf. Ich hatte aber noch kein richtiges Ventil gefunden, obwohl ich gern Fußball spielte und extrem viel Fernsehen schaute. Rückblickend muss ich sagen, dass ich nicht weiß, wie ich die zehnte Klasse und auch meine Lehre geschafft habe. Dazu kam, dass in der Schule und in der Lehre sehr auffällige Kinder und Jugendliche waren. Mit denen musste ich mich auch immer mehr auseinandersetzen, da sie auch oft gewalttätig waren. Dass ich später selber in die Schiene kam, konnte ich damals nicht erkennen.

Nur wenn wir träumen, sind wir frei.
Mick Jagger

Anfang meiner intensivsten Zeit vor dem Neuanfang

Als meine Eltern von der Arbeit kamen und sich wieder zerfetzten, ging ich in mein Zimmer und machte „Deep Purple Highway Star" an. Dabei kam ich in eine Trance, die mich alles vergessen ließ. Dazu kamen Bands wie: The Doors, Uriah Heep, Jimi Hendrix, Ten Years After, Cream, U.F.O., Rory Gallagher usw. Die Musik und die Einstellungen dazu haben mich transformiert. Der Anfang war gesetzt und nichts konnte mich mehr aufhalten.

Das Nächste war, dass ich mir lange Haare wachsen ließ und mit meinem Kumpel den Kohlenkeller ausräumte, um Feten zu feiern, die so weit gingen, dass aus der ganzen DDR Leute kamen und meine Mutter öfter die Polizei holte. Sex, Drugs and Rock'n Roll hielten Einzug. Die Feten liefen meistens so ab: Gespräch, Stimmung und ekstatisches Kopfschütteln zur Musik, „Keeten" (Frauen) „flachlegen", absolute Happyness und sorgenfrei auf den Matratzen sitzen. Eher selten kam die Polizei, weil meine Mutter die Polizei rief, mein Kumpel die 110 anrief die Polizei beschimpfte und uns dadurch Ärger brachte, da er sagte: „Ihr seid die größten Arschlöcher in der ganzen Zone!" Einmal schmiss mein Kumpel die Scheibe vom Polizeiauto ein, worauf zwei Kumpels von einem der Polizisten eins auf den Mund bekamen. Das war deprimierend für mich, da ich nicht gerne den Kürzeren zog und unfreiwillig aus der Trance geholt wurde.

Unser zweites Zuhause wurde das „W". Auch dort konnten wir bald Tische zusammenstellen, Tonband hören oder Livemucke machen. Die Kneipe war gut. Angesagt waren auch die Südstaatfeten in Brück. Dort trafen wir andere Kunden, um Südstaatenmusik zu hören, wie Lynyard Skynyrd (Sweet Home Alabama), Alkohol zu trinken und „Mädels zu knacken", wer dazu gedanklich noch da war. Ich habe noch Fotos. Es war herrlich, wie wir die Straßen entlangzogen wie Söldner oder Krieger. Es war ein extremes Feeling, das alles vergessen ließ, wie beschrieben im Kundenbuch von Michael Rauhut und Bye bye Lübben City. Wie habe ich das später alles vermisst ...

Kontakt mit mehr Gewalt

Ein Lied von Renft von Amiga LP: Nach der Schlacht

Als mein Vater oder meine Mutter es schafften, uns den Fetenraum ab und zu zu verbieten, zogen wir los, meistens ins „W". Es war eine Kneipe. Für Spießer und Arbeiter, wir sagten „Schichties", waren wir ein Dorn im Auge, besonders für Kneipenschläger. Wo wir auftraten, bekamen wir meistens Ärger, besonders ich habe das meistens angezogen. Die erste große Schlägerei war im „W". Als wir reinkamen, wurden wir schon mit Blicken gelöchert. Einer mit großen Oberarmen und tätowiert kam auf uns zu und sagte: „Wenn ihr noch einmal so guckt, gibt's was auf's Maul!"

Beim nächsten Mal winkte er uns raus, jetzt wurde es ernst und mir wurde klar, dass jederzeit seine Kumpels nachkommen würden. Es musste also überlegt und schnell gehen. Ich schickte meinen Kumpel vor, dann ging ich. Das Adrenalin war bei mir hoch, ich war aber absolut siegessicher. Die Folge war, dass der Krankenwagen kommen musste. Der Kneipenschläger musste zweimal genäht werden. Wir waren dann weg und als wir unterwegs waren, spürte ich irgendeine Finsternis und den Teufel in der Atmosphäre. Die Blutspritzer waren im „W" später noch nach Wochen zu sehen.

Eine andere Situation war, dass ein gewisser K. aufs WC des „W" kam und mich verbal angriff. Ein kurzes Ding auf die Nase, Blut floss, aber ich konnte mich vor weiteren Lektionen zurückhalten, weil wir auch damit rechneten, dass K. von der Stasi war. Der gewisse K. ließ uns von da an in Ruhe.

Der Ärger ließ nicht auf sich warten, in der Schule waren drei Kraftsportler, denen war ich ein Dorn im Auge. Vielleicht aus Neid, da wir viele tolle Feten machten und ich auffiel mit meinen langen Haaren.

Durch meinen Lebenswandel war ich sehr dünn, diese Tatsache nahmen sie als Anlass mich ständig zu beleidigen. Das hat mich oft getroffen, so musste ich einen Termin vor der Kneipe machen, um alles endlich zu klären. Es kam nur einer von ihnen. Da sie von den Streetfightingkämpfen mitbekamen, wurde ihnen wohl klar, dass so auf Dauer für sie nicht gut war, ständig mit Worten auszuteilen.

Mir war bei dem Treff klar, dass es wieder zu einer körperlichen Auseinandersetzung kommen wird. Aber es sollte dieses Mal nicht so schlimm enden.

Als er kam, kurzes Wortgefecht und dann 10 Minuten ringen im Stehen. Dann einigten wir uns auf „The End" der Problematik.

Er beklagte sich später wegen einer Narbe im Gesicht, aber es war wirklich nur 10 Minuten Ringen im Stehen. Einige waren schon dreist wegen meines Dünnseins. Es war schon gut, dass ich später vergeben konnte und mein Selbstwertgefühl nicht mehr abhängig machte von Neidern, Füßlingen oder den Lügen des Teufels. Ich wurde ernsthaft, nämlich Christ.

Als später noch was hochkam, als ich aus der Szene raus war und mir gerade vorstellte, jemand wegen seiner Beleidigung ins Gesicht zu treten, war ich so weit zu sagen: „Nein, ich habe vergeben, ich bin wunderbar von

Gott gemacht." Die innere Verletzung ließ ich nicht mehr rein, nahm ich nicht mehr an. Meine primäre Ausrichtung ist, was Jesus über mich sagt, nicht was Menschen oder der Teufel lügt.

Man muss sich entscheiden, der beste Weg ist im Namen Jesu zu vergeben. Der Schlüssel ist, auszusprechen von Herzen: „Ich vergebe der Person im Namen Jesu."

Denn im Namen Jesu ist die Kraft.

Ich bin in meinem Leben später dadurch hochgekommen.

Wenn man das in der Gebetszeit macht, bekommt man die schlimmsten Traumen weg. Gottes Wort glauben und aussprechen.

Es gibt viele Bibelstellen, wie zum Beispiel sucht so werdet ihr finden, so wird uns Gott immer zur richtigen Bibelstelle führen, die wir brauchen.

Der Spruch suchet so werdet ihr finden, half auch meiner bekehrten Oma. Die vorher Mittelpunkt der Partei, Stasifamilie war. Sie hatte ihren Schlüssel verloren. Sie sprach immer vor sich her: Suchet, wo werdet ihr finden." Sie sagte dann: „Mir war so, als ob ihr jemand sagt, geh auf die Straße." Der Schlüssel lag tatsächlich auf der Straße.

Ich finde das unglaublich, sie war so fanatisch Kommunist, hatte mir das Leben mit zur Hölle gemacht. Ich habe zwei Briefe von ihr, wo sie klar schreibt, dass Jesus ihr Herr ist bzw. wurde.

Ich finde das sehr beruhigend, dass sie es geschafft hatte.

Es gab viele Situationen, wo sich Leute mit uns anlegten. Leider auch als wir unterwegs zu Südstaatenfeten waren. Wir saßen mit zwanzig Mann auf einem Bahnsteig, als drei Mann von der Trafo mit Hund kamen, uns wegscheuchten und gleich zweien von uns an den Haaren zogen. Ich war echt sauer. Schläger gab es überall, auch andere Schlägereien. Ich hasste das. Wir waren lieber Kunden, die im „W" Tische zusammenstellten und mit Tonband Musik hörten und mit Gitarre und Munti Livemusik machten. Ein Beispiel möchte ich erwähnen, als wir unterwegs waren, kamen uns drei Typen entgegen. Der eine rempelte B. von uns an. B. regte sich auf und blieb stehen und der eine Typ machte einen auf Karate und trat B. in den Unterleib. Wir bekamen es erst nicht mit, weil wir weitergingen. Die drei Typen waren dann im Bus, wir konnten nichts mehr klären. Mein Kumpel B. hatte starke Schmerzen. Ich stand unter Schock. Abartig solche Typen, die solche Dinge tun. Als ich ein paar Tage später mit meinem Kumpel D. wieder im „W" war, waren die drei Typen auch da, mit einer Schar Mädels, die sie anhimmelten. Ich war mit D. auf dem WC, als der Unterleibtreter aufs WC kam, extrem arrogant und überheblich. Es ging alles sehr schnell, wie in einem Film. Er verspottete uns laut. Da die WC-Tür offenstand, hörten die Mädels alles und lachten laut. Plötzlich stellte er sich wieder karatemäßig hin. Ich weiß nur noch, wie er blutüberströmt immer wieder aufstand. Ich sprang ihm auf die Stirn. Das Lachen der Mädels hatte sich mittlerweile in Schreie umgewandelt.

Jahre später hatte ich ihn mit Narbe auf der Stirn im Bus getroffen. Er kam mit drei Leuten in den Bus und sie randalierten rum. Als er mich sah, rief er zur Vernunft auf. Es wurde ruhig.

Ich verstehe, warum die Leute damals von uns weggingen. Einer sagte mir später, er wollte überleben. Ich bekam selber immer mehr Überlebensängste. Das gipfelte darin, dass wir einmal von vierzehn Leuten im „W" aufgelauert wurden. Statt uns einfach in Ruhe zu lassen, hatten die Disco- und Kneipenschläger auch mehr Knastis ran gezogen. Weil sie uns Kunden, teilweise Speichen wegen Untergewicht, nicht akzeptieren wollten. Diesmal bin ich um mein Leben gerannt. Ich konnte das nicht akzeptieren, das „W" war für uns wie ein zweites Zuhause. Ich machte einen Plan mit D., wir zogen selber Leute ran. Immerhin kannten wir jetzt auch viele Leute. Zwar waren es meistens Kundenblueser, aber es waren auch Kunden dabei, die auch körperlich ihren Mann standen. Wir gingen ins „W" rein, D. und ich, die anderen warteten draußen. Als wir wieder rausgingen, kamen uns gleich einige hinterher. Als sie sahen, dass wir diesmal im Vorteil waren, gingen sie schnell wieder rein. Einer bekam von seinen eigenen Leuten eins auf den Mund, höchstwahrscheinlich, um uns zu zeigen, dass sie nur gegen uns aufgehetzt wurden.

Später hatten wir Waffenträger, wie wir die Kumpels nannten, die für uns Messer, Knüppel, Eisenstangen und so weiter trugen. Mein Freund D. hatte auch einmal ein Beil mit, was aber nicht zum Einsatz kam. Da ich schon zweimal von der Polizei vorgeladen war, musste ich mir langsam etwas einfallen lassen, wie es anders werden könnte. Auf der einen Seite liebte ich die Kundenszene, auf der anderen Seite sah ich immer mehr die Gefahr, Knast, Krankheit und Tod.

Viele hatten in anderen Kreisen kaum Probleme mit Gewalt. Dorfschlägereien gab es aber meistens auch mehr oder weniger ohne uns.

Ekstatische Zeiten mit Kundenfeten, Trampen und Konzertausflügen

Titel von Renft: Weggefährten

Um das klarzustellen, die Gewalt war für uns nicht primär, primär war der ekstatische Drive mit Feten, Kneipen und Reisen. Wir konnten in jede Stadt, die Kundenszene war mittlerweile überall in der DDR. Wir fanden an jedem Ort Kunden, „Keeten" und Penne. Beliebt außer den ekstatischen Feten waren Plänterwald, wo Hansi Biebel oft spielte, Parkfestspiele Salzwedel, Landsberg, Jazzfestspiele, Greiz und einfach nur so los. Rockpalast war für uns Kult. Das transformierte uns in eine andere Welt. Spirit, Rory Gallagher, Jonny Winter, ZZ Top brachten Happiness, Ten Years Later, U.F.O. und Michael Schenker.

Konkrete Erinnerungen an Tramps, Feten und Konzerte

Mir fällt ein, dass ich einmal mit Kumpel T. einfach lostrampte in Richtung Thüringen. Dort sollte ein Blueskonzert sein. Aus irgendeinem Grund fiel es aus. Eine Penne fanden wir diesmal nicht. In einem Vorgebäude von einem Bahnhof wollten wir auf dem Fußboden schlafen, Decken hatten wir mit. Der kleine Raum war warm, leider wurden wir von der Bahnhofspolizei des Hauses verwiesen. War schade, der Raum war ideal zum Schlafen.

Wir zogen dann nachts im kleinen thüringischen Ort umher und fanden ein kleines Haus von einer Busstation, das Haus war noch im Rohbau. Decken, auf dem kalten Steinboden, reichten uns zum Schlafen. War bisschen hardlinermäßig aber besser als gar nichts. Am nächsten Tag fuhren wir mit dem Zug zurück. Im Zug waren Leute, die zur Arbeit fuhren. Sie kamen aus einem warmen Zuhause, wir vom Steinboden.

Viele werden sagen: „Na und, was war daran schön!"

Der psychologische Unterschied war für uns damals das Trampen und die Einstellung, da wir in der DDR über die Grenzen nicht richtig rauskamen. Das war für uns ein Stück Freiheit, kein Witz. Trampen und zur Not auf dem Steinboden schlafen. Billigen DDR-Wein hatten wir immer mit. Ich sagte immer Klebstoffwein, irgendwie schmeckte der Fruchtwein so.

Ein anderes Mal fuhren wir einfach mit dem Zug los, Nils Stellmacher war auch dabei. Wir wollten einfach Kunden kennenlernen bzw. treffen, mal sehen was passiert. War cool, unterwegs waren wir in einem Biergarten gelandet, später in Berlin gab uns ein Kunde eine Penne. Dort war auch eine Tramperin mit gleicher Einstellung, Kletterschuhe, Levisanzug, lange Haare und hübsch. Ich kannte sie nicht, aber sie war voll auf meiner Wellenlänge, der Rest ist Geschichte.

Sie kam von der Ostsee. Später besuchte ich sie mit meinem guten Kumpel Peter. Wir machten einen Kult aus der Reise, als wir dort waren, rief sie ihre Freundin an für Peter. SO war der Abend gelaufen, Alk, Sound und Bräute. Wir sagten früher „Keeten". Wir brachten uns mit Musik und Philosophieren in eine andere Welt.

Ein paar Wochen später trampte ich mit ein paar Kumpel Richtung Sachsen, das Feeling ist im Buch „On the Road" von Jack Kerouac am besten beschrieben. Als wir keine Penne fanden und wir Hunger hatten, klingelten wir im katholischen Pfarramt, da was gerade eine Jugendfreizeit. Wir konnten übernachten und lernten religiöse Abläufe und Gedanken kennen. Es wirkte auf uns positiv. Vor ein paar Wochen hatten wir es schon ein Mal versucht bei einem Pfarramt, dort bekamen wir einen Korb. Wir sagten: „Spießerpriester". Es gibt ebensolche und solche Menschen.

Nach der Wende war das Feeling bei den meisten Kunden weg. Wir hatten ein schönes Gefühl mit Kletterschuhen, Hirschbeutel, Flickenjeans, Shellparka, M65-Jacke, Thälmannjacke oder Motorradjacke. Mit Shellparka z. B. fühlte man sich esoterisch anders. Ein neuer Levisanzug war für uns wie eine neue Haut, wie ein teurer Stoffanzug. Ich denke, wir Ostkunden waren etwas anders als vielleicht Westkunden, Hippies und Freaks. Fast alle waren bei uns gegen SED, Staat usw. Im Westen waren viele später politisch links und gegen Kapitalismus. Darüber lässt sich reden. Aber so, wie ich heute mit alten Kumpels nicht mehr reden kann, so ist heute mit vielen anderen kein objektives Gespräch möglich. Vielleicht fehlt Janis Joplin, eine Flasche Wein und Musik von Muddy Waters usw. Die Kultur des Redens ist teilweise nicht mehr da, wenn man könnte, Hammer auf den Kopf des Andersdenkenden. So stelle ich mir vor, wie im 1. und 2. Weltkrieg die Leute sich gegenübersaßen und sich abschlachteten. Alle hatten Familie, Kinder und Freunde. Wozu sind Kriege da? Titel von Udo Lindenberg fällt mir dazu ein.

Höhepunkte waren für uns natürlich die Konzerte von Blues- und Rockbands, wenn wirklich einige stattfanden. Dort gab es natürlich großes Feeling, da viele Kunden auf einem Haufen waren. Sicher, wir wären gerne nach Deep Purple ausgeflippt oder bei Woodstock oder Atlantapopfestival dabei gewesen.

Aber so schlecht waren unsere Bands nicht. Allen voran Stefan Diestelmann, Jürgen Kerth, Engerling, Hansi Biebel, Stern Combo Meißen usw.

Wie gesagt, besondere Renner waren unsere Feten, als wir zusammenkamen, war das ein besonderes helles Hochgefühl. Ich erinnere mich an eine Viertagesfete. Das war der Himmel auf Erden für uns. Ich habe noch einen Kurzfilm davon, wie wir hinströmten, aufgenommen mit einer Ostkamera. Wie eine Großfamilie, unbesiegbar. Wenn ich da Beate sehe, meine damalige Gefährtin, frage ich mich, wie so eine anständige junge kluge Dame, wo der Vater Offizier der NVA war, auf mich ausgeflippten Typen stehen konnte. Wie die Lebenswege so gehen. Mit ihren Eltern verstand ich mich gut, obwohl ihr Vater Offizier war, war eine erstaunliche Akzeptanz,

Toleranz und Freundschaft da. Nach der Wende, als ich ihren Vater zufällig traf, war diese Kameradschaft und Akzeptanz noch da. Er sagte: „Beate ist verheiratet und wohnt auf dem Land."

Ich hoffe, sie hat ihr Ziel erreicht.

Noch ein Mal auf die Viertagesfete zu kommen. Ich weiß noch wie mein Kumpel Glenn nach The Doors seine Matte/Hecke/sein Blatt wie irre umherwarf und schrie: „Ritchie ausflippen". Es war eine extreme Fete.

Das Tragische war nur, dass der junge Mann, bei dem die Fete war, sich nach 14 Tagen das Leben nahm. Wir kannten ihn nicht. Ich denke, er war ein einsamer Mensch, der uns einlud, um Menschen um sich zu haben, er war auch kein „Kunde" in dem Sinn, normal angezogen und einen Haarschnitt wie jeder normale Ostbürger. Im Nachhinein ist es schade, dass wir seine Not nicht erkannten und nicht helfen konnten.

Kurioserweise ist noch zu erwähnen – unsere Freejazzbesuche in Peitz. Ich sehe wie heute noch, wie der eine Trommler über die Toms ging, als ob er Krümel vom Tisch fegt. Ich glaube, den Sinn von Freejazz verstand keiner von uns. Aber Jazzfestivals waren auch unsere Anreiseziele, sie gehörten auch zum Kundendenken. Genauso fraglich waren viele Kultbücher, wenn überhaupt musste man sie 2-Mal lesen, um sie zu verstehen. Lag wahrscheinlich am Alk-Konsum.

Zu den Büchern gehörten „Der Steppenwolf" von Hermann Hesse, „Guten Morgen, du Schöne" von Maxie Wanda, „Der Wundertäter" von Erwin Strittmatter, „Gesucht wird die freundliche Welt" von Heinz Kruschel, „Flucht in den Wolken" von Sibylle Muthesius usw. Interessant waren auch Bücher von Konfuzius, Stoiker und Gandhi.

Kunde sein und Ärzte

Da wir einen zerstörerischen Lebenswandel hatten, war es wichtig, für Erholung zu sorgen. Dabei half uns eine „Kundenärztin" und das war Margarethe ... Die Ärztin in Babelsberg war schon ein Phänomen. Ihre Praxis war ein Kundentreffen an sich, dort traf man sämtliche Kunden, die mal wieder für 14 Tage eine Krankschreibung brauchten. Als das Arztzimmer aufging, hört man: „Herr Meer bitte herein. Wie geht es Ihnen?" „Mir geht es schlecht." „Na, da muss ich Sie gleich krankschreiben."

Wenn man in ihr Zimmer kam, saß eine ältere Frau hinter dem Tisch, wo man fast nur den Kopf sah und eine große Hornbrille. Im Wartezimmer war es kultig, einmal bekamen zwei Mann einen Lachkrampf, worauf alle im Wartezimmer sich eine halbe Stunde bogen vor Lachen.

Hinterher ging es auf Tramp, Fete oder in eine Kneipe in Babelsberg. Viele wollten sich einfach erholen von dem Fetenstress, bevor es weiterging mit dem Wahnsinn.

Kunde sein und NVA

Viele kamen gut durch, für viele war es sinnlos, für viele war es schlimm. Die meisten, die studieren wollten, mussten drei Jahre machen. Für viele war es ein Albtraum, man spielte mit ihnen „Staubsauger", „Musikbox", „Zugfahrt" und andere Perversionen. Unter dem Motto Soldat züchtigt Soldat.

Da es mir körperlich nicht gut ging, ich aufs Skelett abgemagert war, wusste ich, dass ich es nicht schaffen würde. Ich würde zum kriminellen Täter werden oder im Armeeknast Schwendt enden. Wer von dort wiederkam, war gebrochen.

Wir lernten mal einen Exschwendtinhaftierten in einer Kneipe kennen. Wir sagten zu ihm Einsiedler, wir wollten ihm helfen, er kam zu Feten, aber sagte keinen Ton, nach vier Wochen hat er seinen Kopf in den Gasherd gesteckt und verstarb. Deshalb machte ich bei der Musterung auf Macke. Ausgemustert wurde ich auf Magen und Rücken. War ja nicht gelogen. Ich übertrieb nur ein bisschen. Als ich später von einem Kumpel hörte, mit ihm hatten sie auch „Staubsauger" gespielt, war ich glücklich, ich hatte echt Schwein gehabt, mit der Ausmusterung.

Kunde sein und Knast

Viele gingen in den Knast. Viele wurden im Knast gebrochen, einige kriminalisiert. Viele von den Kunden gingen in den Knast wegen „Assitum". Wer keinen Bock hatte auf Arbeit, ging unfreiwillig ab einem bestimmten Punkt in den Knast. Politische wurden ab einem Punkt mit Schwerstkriminellen oder Perversen in den Knast gesteckt. Wer selber etwas kriminell war, wurde in überbelegte Knasträume mit anderen Kriminellen gesteckt. Als Erster wurde er getestet, wer seine Faust nicht gut oder schnell gleich einsetzte, wurde im Knast zur „F." gemacht. Das heißt Diener oder Sexgehilfe.

Ich hatte, wie gesagt, einen Kumpel, der wegen der Rolling Stones in den Knast kam. Die Stones sollten spielen auf der BRD-Mauerseite und man ließ Ostfans nicht rüber, darauf flippten viele aus und kamen in den Knast. Durch den Überlebenskampf im Knast wegen den Kriminellen und Beamtenschikane kam mein Kumpel so in den Strudel, dass er rein und raus kam vom Gefängnis.

Insgesamt 22 Jahre.

Mein Kumpel war dann später Alkoholiker, ich betreute ihn in einer christlichen Suchthilfegruppe, er wurde dann trocken und Christ. Von anderen erfuhr ich viele Sachen. Er war im Knast eine Legende, er war die Nummer eins, sein Bruder folgte ihm. Er setzte sich im Knast durch, auch mit Gewalt im Kampf mit Beamten. Er saß auch politisch. Es kam raus, dass viele unsaubere Sachen mit ihm geschahen. Leider verstarb er zu früh an den Folgen. Das Stasigefängnis Hohenschönhausen war nicht ohne.

Zum Geschichtsverständnis sollte man das Schwarzbuch des Kommunismus lesen. Man darf nicht auf einem Auge blind sein.

Ich hatte viele Kumpels, die im Knast gebrochen wurden. Mein Kumpel Glenn von der Viertagesfete kam wegen „Assitums" ins Gefängnis. Ein, zwei Jahre nach dem Knast sah ich ihn, dünn, kurze Haare, still und ruhig. Vorher hatte er extrem lange Haare gehabt wie Glenn Hughes von Deep Purple. Er war groß und kräftig. Er brauchte sich nicht groß prügeln, er sah sehr einschüchternd aus. Wenn es dazu kam, dann schubst er nur. Die Leute flogen durch die Gegend und dann war Ruhe.

DDR und Alkohol

Ich habe mich extra noch einmal umgehört. Der Alkoholkonsum war in der DDR hoch. Es war normal Bier, Schnaps, Wein usw. waren mehr oder weniger bei jedem Treffen dabei. Sogar auf Arbeit wurde viel Alkohol konsumiert. Als ich in der DEFA anfing auf dem Holzplatz, war das der Anlass für die Brigade, 14 Tage durchzuziehen. Dann war eine Woche Pause, dann gab es andere Anlässe. Der eine Kollege, wir sagten „Drei-Finger-Paule" (er hatte zwei Finger verloren in der Holzsäge beim Alk), war mit mir im „W" und bestellte mit drei Finger: „Hansi, fünf Bier, bitte." Ist fies, wir mussten darüber lachen. Da gab es schon einen Witz drüber.

In der DEFA lag einmal die Sekretärin von einer Büroabteilung vorne auf der Wiese und war „zu". Obwohl sie schon etwas älter war, nahm keiner Anstoß. Auch in meiner Familie kannte ich Familientreffen nur mit Alk = Konsum oft bis zum Abwinken, viele waren dann Alkoholiker, später gaben sich viele Mühe damit aufzuhören.

Für viele Ossis war Alk eine kleine Freiheit, nach der Wende kam für viele die Einsicht wegen gesundheitlichen Gründen und Verboten auf Arbeit keinen Alkohol zu trinken. Keiner wollte entlassen werden.

In der DEFA war es normal, dass einige Frauen bei Anlässen auf den „Bearbeitungstischen" tanzten. Trotzdem denken viele gerne an die Zeiten zurück.

Als ich später Filmvorführer war, da gab es auch einige Anekdoten.

Es kam öfter ein Filmmann und ließ sich einen Film, in den kleinen Räumen, vorführen. Nach der ersten Filmrolle hörten wir meistens schon ein Schnarchen aus dem kleinen Kinoraum. Wir hörten alles trotz rauschender Filmvorführgeräte.

Frauen

Titel von Renft: Wiegenlied für Susann

Der „Frauenkonsum" war bei einigen groß, viele merkten aber nichts mehr, das Kopfschütteln bei Sweet Home Alabama und Alkohol reichten wohl für viele. Auch für Frauen war es wichtig, den richtigen Kunden „abzugreifen". Wichtig waren nicht dicke Muskeln, Geld, Spießerdenken oder Untertan sein, wichtig waren die „ursten" Kunden, Einstellungen, Parker, Kletterschuhe, Hirschbeutel, Tramper-Einstellung, die richtige Musik für guten Sex und nett sein. Meine erste „Kundenkeete" war groß und hatte lange dunkle Haare. Für sie war ich ein „urster" Kunde, wie sie oft zu anderen sagte. Ich lernte sie kennen, als ich in der zehnten Klasse war. Ihr Bruder war einer der ersten Kunden in Potsdam. Da wurde man mit langen Haaren noch von der Straße weggefangen und in U-Haft gesteckt. Dort wurden einem einfach die Haare gekürzt. Auch er musste oft mit der Faust seine Ideale verteidigen. Daher fand sie es OK, wenn wir uns wehrten. Sie nahm alles ganz cool auf. Nur meine Mutter brachte uns auseinander. Wenn wir uns heutzutage mal sehen, wird gegrüßt. Aber die Ideale sind wahrscheinlich bei ihr weg. Ein normales Leben führen jetzt viele. Es gibt aber noch Ausnahmen, wie mein Kumpel aus Erfurt. Er ist noch voll Kunde, lange Haare, Gesang und Gitarre. Mit dem Alk ist es leider nicht mehr so gut, er hatte schon drei Entziehungskuren. Er hat oft gesagt, dass er es nicht fassen kann, wie ich mich so verändern konnte. Dabei hat er oft laut Storys von mir erzählt, manchmal auch in menschenvollen Cafés, was mir sehr peinlich war. Die Omas schauten mich dann immer mit großen Augen an, andere saßen da, als hätten sie gerade eine Radiosendung gehört und tranken dabei ihren Kaffee. Mein Kumpel liegt mir sehr am Herzen. Ich hörte damals auf, er machte weiter. Er bedankt sich immer noch jedes Mal, dass ich ihm damals auf einer Fete eine Blondine vermittelte. Sie wollte mit mir Oralsex haben, aber ich dachte mir, dass mein guter Kumpel, der gerade von der Armee auf Urlaub war, mehr Gesprächsbedarf hatte. Er war sehr dankbar und außerdem hatte ich gerade eine feste Freundin. Meine große Liebe damals lernte ich bei einer Band in der DEFA kennen. Ich flippte gerade nach der Musik aus. Meine Kumpels fragten, warum ich denn zu der Musik so ausgeflippt bin. Ich sagte ihnen, dass die Band wie Deep Purple gespielt hat. Ein Kumpel sagte, das kann nicht sein, die spielten total lahme Musik wie bei einer Hängerband. Wahrscheinlich war ich zu sehr in Trance ... oder einfach sehr betrunken. Beate war vorher mit meinem Kumpel O zusammen. Ich tanzte mit ihr, jedenfalls nannten wir es tanzen. Ab da an waren wir zusammen und gingen durch Dick und Dünn. Nur am Anfang ging sie noch einmal mit O. fremd. Das traf mich damals sehr, es war wie ein Messerstich in die Brust. Ich habe mich mit beiden ausgesprochen und hatte mich dazu entschlossen, dass die Beziehung zwischen ihr und mir weiterlaufen sollte. Sie hat sich auch entschuldigt. Auch O. war mir trotzdem ein sehr wichtiger Kumpel. Seitdem hatten die beiden auch keine Sexbeziehung mehr. Der Vater von O. war beim Film tätig, er war immer nett, ein richtiger Kumpel. Das Kuriose war, dass er ein Kommunist und in der SED war. Er war einer der wenigen von der SED, mit dem man objektiv, neutral und ohne Anschiss zu bekommen reden konnte. Wir waren öfter bei ihm, um Feten und Gartenpartys zu feiern. Feuer in der Mitte, Stühle im Kreis, Tonband und mein Kumpel aus Erfurt mit seiner Gitarre. Einmal stand er urplötzlich auf, die Gitarre hoch erhoben und rief: „Alle Delegierten erheben sich jetzt von den Plätzen! Hurra! SED! FDJ!" Wir lachten uns alle schief. Keiner hat damit gerechnet, da er gerade Stones spielte und Biermann zitierte. Nur ein anderer Partei-Typ, der sich mit reingeschlichen hatte, verzog dabei sein Gesicht. Der Vater von meinem Kumpel ist später leider zu früh an Krebs verstorben. Für viele war es schwer, feste Partnerbeziehungen zu haben. Viele machten Schluss, obwohl sie wirklich gut zusammenpassten. Wir lernten den Kunden „Karo" kennen mit seiner Freundin. Es war ein richtiger, echter Kunde, Fleischerhemd, lange Haare und Thälmannjacke.

Nach einer kleinen Fete ließ ich ihn bei mir im Keller mit seiner hübschen Freundin schlafen. Mein guter Kumpel sagte: „Merkst du nicht, seine Braut ist absolut scharf auf dich." Ich konnte nicht, die Freundin vom Kumpel war für mich tabu, ich hatte meine Ideale. Ich weiß, viele standen auf ständige Partnerwechsel bzw. Partnertausch, auf Gruppensex. Ich hasste das. Vielleicht war ich vorgeprägt durch Traumata. In meinem Kreis sorgte ich mit meinem besten Kumpel damals dafür, dass die Freundin des Anderen tabu war. Wer bei meiner Freundin Beate was versuchte, war nicht gut für ihn. Später zeigten Studien, dass nach Gruppensex hinterher die meisten wieder zu zweit sein wollten. Treue und Zusammenhalten war eben doch wichtig. Auch nicht christliche Studien können gut sein, wenn sie objektiv und ehrlich sind und nicht propagandamäßig getürkt.

Ansonsten akzeptierte ich auf Feten usw. die ekstatischen Liebeleien.

Vergewaltigung, Gewalt gegen Frauen und Unterdrückung waren für mich ein Gräuel.

Später als ich lange raus war aus allem, war ich mit meiner jetzigen Frau bei einem Bluesfestival nach langer Zeit. Als eine Band spielte, auf dem Platz kamen ca. sieben Leute, Männer und Frauen auf den Platz, sie sahen aus wie früher nur älter. Sie grasten alles gleich ab, um zu sehen, was für sie zu holen ist.

Es war kurios, so war es früher, sie gingen durch die Reihen und schauten ihren Auserwählten in die Augen. Auch bei meiner Frau stellte sich jemand frech hin, obwohl ich sie in den Armen hielt und schaute sie fünf Minuten hypnotisch an. Unglaublich, ich konnte nur beten, meine Frau bekam nichts mit und er ging nach fünf Minuten Kopf schüttelnd weg.

Lockruf der Stasi

Ich wurde extrem links, SED- und Stasi-mäßig erzogen. Mütterlicherseits waren fast alle teilweise sehr fanatisch von der SED und Stasi. Als ich in der Kundenszene war, wurde ich auch von der Stasi geworben, was ich aber komplett ablehnte. Meine Mutter fand das gar nicht gut. Sie wurde wegen meines Verhaltens auch öfter bei der SED vorgeladen. Diestelmann, Biermann, Janis Joplin und Jimi Hendrix waren meine Vorbilder. Wegen einer Lappalie wurden fünf Freunde und ich, darunter auch meine damalige Freundin Beate, abgeholt bzw. verhaftet. Ich arbeitete gerade in der Poststelle der DEFA, als die beiden von der Stasi reinkamen. Ich wusste sofort, dass die beiden von der Stasi waren. Seitenscheitel angeklatscht, Klamotten weltfremd und Augen gesenkt. Bei dem Verhör wurde ich agitiert und ausgehorcht. Ich fragte mich: „War es jetzt soweit?" Den Knast wollte ich vermeiden. Viele wurden im Knast gebrochen und auch sexuell missbraucht. Die ganz Harten wurden im Knast kriminalisiert. Charlie D., den ich später kennenlernte, war damals ganze 22 Jahre wie schon erzählt im DDR-Knast. Bei dem Verhör wurde ich wegen meiner Einstellung bedroht. Zum Schluss kam ich in einen Raum, in dem mir drei Leute versuchten, Angst zu machen. Als sie es nicht schafften, flogen die Gummiknüppel. Ich hielt mich gut, denn mittlerweile war ich sehr schnell im Ausweichen und Energie weiterleiten. Zwischenzeitlich lag einer von ihnen in der Ecke. Ich hatte nicht einmal zugehauen. Die drei waren noch ziemlich jung. Meine

Erfahrungen habe ich mittlerweile woanders gemacht. Ich hatte nur einen blauen Fleck am Rücken und eine kleine Beule am Kopf. Ein höherer Offizier brach dann alles ab, ich musste unterschreiben. Später kam heraus, dass meine Mutter sich von der Bezirksleitung heraus für mich eingesetzt hatte.

Meine Freundin Beate, die auch sinnlos abgeholt wurde, wurde bedroht, dass sie, wenn sie mich nicht ändern würde, ihr Studium nicht beenden könnte. Alle von uns, die abgeholt wurden, beeinflusste man so, dass jeder dachte, der andere Kumpel wäre ein Stasiverräter. So arbeitete die Stasi. Ein weiteres Mittel war Konzerte anzusagen, zu denen viele Kumpel hinfuhren oder trampten. Doch als sie da waren, sagte sie die Konzerte ab. Dies alles trug dazu bei, dass unsere Clique sich langsam auflöste. Viele gingen in den Knast. Mit meiner Freundin Beate lief es auch aus. Sie wollte heiraten und ein Kind. Ich schaffte es noch nicht. Darauf hatte ich aus Trauer starke seelische Schmerzen, als unsere Beziehung vorbei war. Ich war noch nicht so weit, ich brauchte Zeit. Der Druck von der Partei, der Stasi, meinen Eltern und mein eigenes Versagen hatten mich unfähig gemacht. Ich hätte mir ins Bein beißen können. Dazu kam auch noch meine Unreife. Ich wollte mich nie wieder von einer Frau verletzen lassen. Frauen sind nur für den Moment, dachte ich dann damals. Da kam mir die neue Einstellung sehr entgegen: „Lebe intensiv, lebe heftig, stirb jung." Janis Joplin. Obwohl ich mich im Unterbewusstsein nach einer treuen Frau sehnte.

Verrat

Dass unsere Truppe sich auflöste, lag aber auch an uns. Ein wichtiger Kumpel hatte uns z. B. aus Neid gespalten, hetzte Leute auf uns und machte mit ihnen seinen eigenen Kreis. Das ging irgendwann so weit, dass sie uns bewaffnet überfallen wollten, als sie uns auf der Straße entgegenkamen. Als sie vor uns standen, wurden sie scheinbar wach und dachten an die gute Zeit. Sie kamen dann noch auf ein Bier mit in den Keller und gingen dann. An diesem Abend wäre beinahe Blut geflossen, auch sie hatten Messer dabei und noch andere Waffen.

Ein anderer Punkt des Niedergangs war, dass wir immer mehr primitive Kumpels dazubekamen, die unter uns Schlägereien anfingen und versuchten, sich gegenseitig die Frauen auszuspannen, wie es z. B. bei einer Gartenfete der Fall war. Ich besorgte mit Multicar ein Klavier aus dem DEFA-Fundus. Zu späterer Zeit hatte sich noch ein top Klavierspieler angemeldet, der guten Blues und The Doors spielen konnte. Die Party begann gut, Ausflippen nach Musik und später kam der Klavierspieler. Da kam echt Feeling auf. Dann kippte es langsam. Zuerst zog der eine Kumpel meine Beate an sich ran, sodass ich ihn wegschubsen musste. Dann kam zum Ärger auch noch der Stasimann, von der anderen Straßenseite und sagte: „Sofort aufhören, sonst hole ich das Bereitschaftspolizei-Überfallkommando!" Ihm gefiel die ganze Fete nicht. Dazu sagte er auch mal wieder: „Noack! Dich kriege ich noch, die anderen interessieren mich nicht!" Das Klavier fuhr ich Wochen später wieder zurück. Da es öfter geregnet hatte, waren die Tasten schon leicht grünlich. Ich hatte Glück, der dicke SED-Pförtner winkte mich durch. Er hatte wieder viel intus, was in der DEFA im Allgemeinen oft vorkam, sogar während der Arbeitszeit. Jahrelang lief alles gut, doch dann flog einer von der Brücke und starb. Sofort gab es im DEFA-Konsum keinen Alkohol mehr. Nun sah man die Leute mit Beuteln kommen, die Versorgung kam dann von einer Kneipe draußen, vom „Filmeck". Es wurde für mich und auch für meine Kumpels langsam immer enger, wegen dem Knast. Wir bekamen auch noch zwei echte Kämpfer, Hollo und Bratscho. Bratscho war wie Bud Spencer und Hollo sprang die Gegner immer an.

Langsame Veränderung

Mein gesundheitlicher Zustand hatte sich mittlerweile stark verschlechtert. Die Wege von der Straßenbahnhaltestelle zu Beates Wohnung waren begleitet von Schwankungen und Laufschwäche, obwohl ich in diesem Moment keinen Alkohol intus hatte. Schweißausbrüche und Stasi-Verfolgungsängste kamen dazu. Als bei einer Südstaatenfete in Brück Passat-Bluesband spielte, musste ich mich beizeiten im Suff übergeben. Meine Kumpels dachten in dem Moment, dass ich sterben würde, da alles grün aussah. Als wir im Plänterwald waren, wo wieder Konzerte waren, verlor ich beim Heimweg meine Truppe. Ich war psychisch am Ende und wusste einmal nicht mehr weiter. Mich griffen zwei „Schichties" auf und ließen mich in Berlin schlafen. Wieder bei Sinnen, fuhr ich am nächsten Morgen nach Hause. Heute würde ich sagen, ihr wart keine „Schichties" ihr wart OK. Damals erzählte ich ihnen von unseren Feten. Sie sagten, dass sie so was auch gerne mitmachen würden, und ich dachte mir: „Sie sind weltfremd."

Ich fing an, evangelische Gottesdienste zu besuchen, kniete mich vor eine Jesusstatue nieder und bat Jesus, mich hier rauszuholen. Veränderung war bitternötig. Bei einer Fete hatte ich schon Deliriumserscheinungen. Die Gottesdienste gaben mir Ruhe und Frieden. Ich fing an, Dingen aus dem Weg zu gehen. Der Pfarrer sagte, ich solle erst einmal einen Taufkurs mitmachen und schauen, ob ich glauben kann. Ich sagte zu. Die ersten Male ging ich vorher ins „Café Bück Dich" und trank ein paar

Bier. Es tat sich eine neue Welt auf und damit eine neue Zeit, die nicht weniger spannend als die Kundenzeit war.

Ich liebte die alte Zeit, meine Kumpels und meine Freunde, aber es ging nicht mehr. November 1982 ließ ich mich taufen. Es waren nur fremde „Omas" dabei. Ich ging den neuen Weg alleine, für Familie und Verwandtschaft war nun alles zu spät. Der Klassenfeind hatte nun ganz von mir Besitz ergriffen. Für alte Kumpels hatte ich eine Scheibe bekommen. Ein guter Kumpel fragte mich, ob ich das elfte Gebot kenne, ich sagte Nein. Er sagte: „Das elfte Gebot ist, ins ‚W' zu gehen und Bier zu trinken." Viele alte Kumpels gingen bei mir vorbei oder es kam Hass bei ihnen hoch. Ich verstand sie, denn ich hasste damals genauso wie sie die Kirche und was die Kirche alles gemacht hat. Ich bekam aber diesen Frieden von Jesus, Jesus ist mein Herr! Ich fing an, anders zu reagieren, es gelang mir nicht immer, aber immer öfter. Meine psychischen Verletzungen gingen auch langsam weg. Die Probenerlebnisse kamen doch noch im Alltag, z. B. war ich ein Mal im Supermarkt und ein kleiner Typ, ziemlich jung, nahm mir einfach den Einkaufswagen vor meinen Augen weg. Kurzes Gebet, ich bat ihn freundlich, den Wagen stehen zu lassen. Er ging einfach weiter. Ich bat dann schnell einen Verkäufer um Hilfe. Darauf ließ er den Einkaufswagen stehen und ging fluchend weg mit der Drohung, mir aufs Maul zu hauen. Ein kleiner Zwerg, dachte ich damals. Wo kam er plötzlich her? Nun ja, ich war jetzt Christ, ich wollte jetzt anders reagieren. War gut so, früher hätte er den Wagen geküsst oder wäre durch ein Regal geflogen. Keiner soll mich mehr verletzen, war mein neues Motiv. Wenn bei der Autofahrt gehupt, der Finger gezeigt oder seine Stirn betastet wird, ist mir das völlig egal geworden. Alles andere ist Eitelkeit und Schaum schlagen. Es gibt immer einen Stärkeren. Alles ist Illusion, wenn man sich mit Gewalt aufregt. Später konnte ich den Schwarzgurt machen, aus Sportgründen ist gut, aus Gewaltziele Illusion und Eitelkeit, alles sinnlos. Wie bei UFC-Kämpfen zu sehen, es gibt immer einen Stärkeren. Auch beim Sport war mein Drang von Jesus zu erzählen. Beim Kampfsport sagte mir jemand: „Ich weiß, ich brauche Jesus."

Ein anderer Test war für mich später auf einem Parkplatz einer Autobahnraststätte. Ich wollte gerade mein Motorrad anmachen, als ein Opa mit Frau kam und mit einem kleinen Sender mein Motorrad immer wieder ausmachte. Er freut sich dabei. Der Heilige Geist war gerade mächtig in mir, ich konnte mit Freundlichkeit reagieren, er ging dann weg. War ich als Christ jetzt auch wieder Mode? So wie damals als dünner Freak?

Ein späterer Test war für mich anders hart. Im TV zeigten sie bzw. wurde berichtet, wie fünf Jugendliche eine junge Dame einsperrten und vergewaltigten. Sie machte dann Selbstmord, die Täter bekamen Bewährung, zeigten Stinkefinger und einer sagte: „Gott hat entschieden."

Ich musste echt auf die Knie, ich betete, so lange bis ich wusste, Gott hat jetzt alles übernommen.

Ich darf nicht Gott spielen, es bringt nichts. Gott ist treu. Ob wir glauben oder nicht. Sonst gibt es eine schlechte Kette ohne Ende und der Teufel freut sich. Werdet wach, seht die Not, greift zu den Waffen Gottes, die da sind Gebet und Wort Gottes aussprechen und darüber nachdenken, dazu Nächstenliebe auch mit Tat.

Ein Test der Besonderheit war damals, als ich noch sehr unreif war, zu sehen wie Beate sich zuvor auch taufen ließ, aber irgendwie, irgendwo einen anderen Weg ging. Das kann man nur begreifen, wenn man wirklich liebt und nicht die Husch-Huschbeziehungen wo eigentlich nur Geld, Ego, Bett und Spiegel wichtig sind.

Auch da musste ich lernen: „Der Mensch denkt, Gott lenkt!"

Aus Angst dem Anderen könnte es schlecht ergehen, ist nicht die Freiheit.

Manche Sachen, Dinge, Menschen muss man loslassen. Gott lässt keinen im Stich.

Erwähnen möchte ich noch, dass ich damals für eine kurze Zeit anfing, Gedichte und Kurzgeschichten zu schreiben. Für mich jetzt schwer zu verstehen, da ich damals meistens nach Musik ausflippte oder unter Alk stand. Aber meine Frau ermutigte mich, ein paar Sachen zu zeigen, da man in ihnen erkennt, wie ich auf der Suche war und noch nicht alles versoffen hatte. Ich nutzte wohl die trockenen Minuten zwischendurch mich freizuschreiben. Mir kam dann alles hohl und peinlich vor, aber ich veröffentliche jetzt einfach ein paar Strophen. Bitte um Verständnis wegen der unvollkommenen Zeilen.

1. Im Tierpark
Die Hyäne frisst den Unrat
Die Ihr der König der Wildnis
Überlässt, um sich bis zum
Stehkragen satt zu essen

2. Jungfrau von New Orleans
*Ich halte das Messer an die
Quelle des Glücks.
Ein Schnitt und die Flut
Überströmt den durch die Sonne
ausgetrockneten Meeresboden.
Das Leben ohne Kurven ersäuft
in eine Qual, wie eine Jungfrau,
die vor einem unreinen Witz errötet*

3. Großzügigkeit
*Ein Löwe lässt seine
Untertanen den Schmutz
Der Wildnis beseitigen,
damit er sich nicht seine
Pfoten schmutzig macht*

4. Ein armer Teufel
*Ein zweites Gehalt,
viel Urlaub und Beziehungen
haben,
Leute anschwärzen und dazu
Noch in der Schicht arbeiten
Und zynisch sagen:
„Wie ist das Leben doch schwer."*

5. Wer ist das?
*Mit Frauen schlafen, Auto fahren
klug reden, alles hören,
viel Geld in der Tasche haben
und Sagen:
„Wie bin ich doch schon (doof)."*

6. Unreife
Heute da
morgen dort
und übermorgen bin ich bei Dir.
Bis meine Laune uns scheidet.

7. Ein schönes Kind
Quacksalber liebst das wechselhafte
Kind, erzählst und gehst woanders
hin in Deiner Langeweile und
denkst ich bin ein Typ

8. Denunzianten
Reden, hören, hetzen lassen
und sich nicht kaputt machen
lassen.
Du brauchst es nur zu übersehen

9. Kneipenaufenthalt
Vier Dumme streiten sich und
trinken darauf brüderlich
ein Bier.
Hätte einer von ihnen das
große Geld, so wär er ohne
die drei in einer neuen Welt.

10. List
Verstelle Dein Äußeres damit
die Mächtigen, Deine List
nicht erkennen.

11. Ein Beamter einer
Staatlichen Örtlichkeit
Die Despotie eines abstoßenden
fiesen Tyranns nimmt und
tötet seine Menschlichkeit
und die der anderen

12. Kindermahl
Ich hasse Euch
ich hasse mich,
ich hasse den großen
Wolf, der die Kinder
frisst

13. Generationenschicksal
Die Angst sitzt in ihren Knochen
Die Fäulnis fraß sich von klein
auf in ihr Gehirn, sie verlernten
zu lieben und auf eigenen
Füßen zu laufen
Der Wolf riss ein Schaf, der Schäfer
stand mit seinem Gewehr daneben
und schoss in seine eigenen Augen, damit
er nicht sah, was da geschah.

14. Träumer
Du mieser Trinker, denkst,
träumst, redest und leerst
Deine Flasche Sprit in Deiner
Ohnmacht, die Dich zu töten
beginnt.

15. Stacheldrahterotik
*Du liegst neben mir und
bist mir doch so fern
Du bist anders wie ich
und doch erkennst Du mich an
Wir lieben uns
Sind unsere Gefühle warm?
Ich sehe eine Welt die mich
manchmal erdrückt
Eine Welt die Du in Dein
Unterbewusstsein verdrängst
Du gibst mir ein angenehmes
Gefühl, wenn Du neben mir
liegst.
Wir lieben uns
Stimmt das wirklich?*

16. Suggestion
*Kinder haben
Träume und spielen
Erwachsene haben auch Ideen
Doch sie lassen sich ihre Träume meistens nehmen*

17. Sozialer Einfluss
*Lass Deine Überredungskünste
da wo sie sind
Du kannst den Wetterhahn
Nur für einen Augenblick in
Deine Richtung drehen
Morgen schon musst Du damit
rechnen dass der Wind aus einer
anderen Richtung weht*

18. Kraft
Ein Ausgepeitschter lachte über
seine Qualen, denn er wusste
für was er die Peitsche bekam

19. Ein Verbraucher
Gestern konnte ich alleine auskommen,
heute bin ich deprimiert,
ich brauche einen schönen Fernseher
und dazu noch Dein liebes Gesicht

20. Selbstkritik an einem
Tag im Jahre ...

Ich habe wieder getrunken,
mein Geist erkennt sein
Wesen nicht mehr.
Mich quälen die Gedanken,
am Tisch redete ich wieder
zu viel.
Eine blaue Maus sitzt auf einer
brennenden Kerze und springt
nicht von ihr herab

21. Anbetung eines unvollkommenen Wesens
Menschen die aus dem Menschen
Kraft holen werden das Glück
Nicht finden. Weil diese Kraft
ein Trugbild ist

22. Selbsttherapie
Vernichte den Moment der
Depression
Auf dem Hocker steht die
Flasche des Glücks.
Der Wurm im Magen erbricht
Bei dem Gedanken des Konsums.
Ich will verändern
Was will ich verändern?

23. Was bedeutet die Welt?
Oder China-Town in der Ferne
Marx schuf einen Traum den sich
Der Teufel nahm um sich zu bereichern
In dem ein dickes Tier an laufenden
Maschinen steht um sie auszuquetschen
wie eine Zitrone

Kettenreaktion in der Familie, nach meiner Bekehrung zu Jesus

Die ersten Reaktionen kamen von meinem Vater. Er wurde auch Christ und wir versöhnten uns. Meinen Vater hatte ich sehr gerne. Jetzt ist er bei Gott. Als er starb, war es so, als ob etwas aus meinem Herzen gerissen wurde. Was mich immer aufheiterte, ist das Gebet: „Danke Jesus, er ist jetzt bei dir."

Die Beerdigung war eine Story für sich. Zu dieser Beerdigung kamen auch einige Ex-Genossen meiner Mutter, die meinen Vater durch meine Mutter kannten. Der Pastorin wies ich an klare Botschaft zu bringen, das war die Gelegenheit. Ich bereitete mich auch für eine kurze Rede vor. Nach der Trauerfeier zog die Versammlung los zu der Stelle, wo die Urne beigesetzt werden sollte. Meine Mutter und ich liefen voraus. Ich hatte die Urne in der Hand. Es war ein langer Weg. Meine Mutter winselte wie ein Hund und weinte. Ich hielt es kaum aus, ich dachte, ich schaffe es nicht. Dann war es soweit, wir standen an der Stelle, wo die Urne reingelegt bzw. gestellt werden sollte. Die Pastorin sprach noch einmal sehr gut, dann war ich an der Reihe.

Ich bekam keinen Ton raus, dann klappte es. Ich erzählte, dass mein Vater Christ geworden war und ich ihn wieder sehen werde. Jeder sollte selbst überprüfen, wo er selber steht. Gott ist eine lebendige Hoffnung.

Als ich fertig war, sah ich rüber, einige standen wie versteinert, wie Kalkleisten da, viele hatten Tränen in den Augen.

Bei mir war es dann so, als ob ich umfalle, mit einer Dosis Schmerzäußerung, weinen und Halbohnmacht.

Ähnliches erlebte ich bei der Beerdigung meiner Mutter. Gottes Kraftzeugnis und menschlicher Schmerz des Loslassens.

Weinen reinigt die Seele, darum ist es gut, wenn Menschen weinen können und Mitgefühl zeigen. Alles andere ist auch falsches Getue.

Das nächste Ding war die Bekehrung von meiner Oma. Meine Oma war das Familienhaupt von meiner SED- und Stasiverwandtschaft. Als ich zur Kirche ging, drehte sie fast durch. Sie war ein absoluter Kommunist. Sie diskutierte immer mit mir und wollte mir den Glauben wieder ausreden. Was dann aber geschah, ist für mich ein echtes Wunder. Einmal diskutierte sie extrem mit mir, ich ging in den Keller und plötzlich kam sie in den Keller und fragte mich, wie man Christ wird. Ich erklärte ihr alles und machte mit ihr ein Übergangsgebet. Von da an betete ich immer mit ihr. Als ich mal bei ihr war, lag ein Buch unter ihrem Schrank. Ich fragte sie, was da liegt. Sie antwortete und sagte: „Onkel Y. kommt nachher und wenn er das sieht, dann macht er immer Ärger. Darum lege ich die Bibel immer dort unter den Schrank." Onkel Y. war ein extremer Stasimann. Er hat schon Leute aus dem Wasser geholt, die flüchten wollten. Sein Sohn X., mein Cousin, war bei Erich Honecker Personenschützer und Alkoholiker. Als er mal mit der Pistole in die Luft schoss, verlor er seinen Job. Er irrte dann in Berlin in Nachtclubs umher und hatte Kontakt mit einem kubanischen Drogendealer. Es ging ihm sehr schlecht und er wollte Selbstmord begehen. Ich konnte mit ihm beten und nahm ihn zu den Baptisten zum Lobpreis mit. Das half ihm. Als wir von der

Kirche kamen, sang er vor sich her: „Ehre sei dem Lamm." Ich wollte ihn zur Kirchenwoche mitnehmen, doch meine Tante Z. rief mich an und schrie durchs Telefon: „Lass X. zufrieden! Ich habe die Bibel zerfetzt! Lass ihn in Ruhe!" Ab da an sah ich ihn nicht mehr.

Nach dem Mauerfall traf ich Onkel Y., seinen Vater, wieder. Er sagte: „Ich arbeite jetzt bei der Kirche. Naja, früher waren es meine Feinde." Plötzlich verfinsterte sich bei ihm alles und er sagte: „Was du Oma für einen Mist eingeredet hast." Ich konnte noch sagen: „Jeder kommt mal an seine Grenzen." Ein paar Wochen später verunglückte mein Cousin X. leider. Mein Onkel und meine Tante waren fix und alle, doch ein paar Jahre später konnte ich meiner Tante durch Jesus Trost bringen. Bei meinem Onkel war auch etwas passiert. Ich traf ihn bei meiner Mutter und fragte: „Wie war deine OP?" Er sagte: „Gut." Ich erwiderte: „Ich habe nämlich für dich gebetet." Er sagte bescheiden: „Danke!"

Als mein Onkel starb, fand meine Tante ihn mit gefalteten Händen im Bett liegen. Er sah friedlich und seelenruhig aus. Ist das nicht krass? Mit meiner Tante konnte ich später ein Übergabegebet zu Jesus machen. Etwas später auch mit meiner anderen Tante, die damals auch bei der SED war. Einmal saßen beide Tanten und meine Mutter zu Weihnachten mit mir zusammen. Ich erzählte ihnen von Jesus und konnte mit ihnen beten. Viele werden es nicht nachvollziehen können, aber das ist für mich eines der größten Erlebnisse in meinem Leben gewesen.

Auch mit meiner Mutter konnte ich in den letzten Jahren Frieden machen. Auch sie sagte die letzten Jahre: „Jesus ist mein Herr!" Sie betete auch alleine für sich und sah Bibel TV. Dienstags besuchte ich sie immer. Als sie starb, war es ein besonderer Schmerz. Ich konnte es nicht fassen. Es ist eine Traurigkeit, bei der ich immer nur sagen kann: „Gott, du hast eine lebendige Hoffnung. Auch sie ist jetzt bei dir und dafür danke ich dir von ganzem Herzen." Ich dachte, ohne den Glauben an Jesus wäre ich aus meinem alten Leben nicht mehr rausgekommen. Was ist der Sinn des Lebens? Ich wünsche mir, jeder Mensch könnte den lebendigen Gott spüren und sich nicht immer vom Gegenspieler blenden lassen. Ich fragte mich nur: „Was bedeutet Zeit?" Schade, dass ich nicht jedem Verwandten von Jesus erzählen konnte. Was ist die Zeit ohne Jesus? Ich habe jetzt alle meine Verwandten gerne. Der christliche Glaube hilft mir, auch meine kaputten Gefühle zu heilen. Ich war immer auf der Suche nach der richtigen Frau. Innerlich fing ich Beziehungen an. Obwohl es nette Frauen waren, stand ich plötzlich innerlich immer vor Beate. Es war wie verhext. Da lebte ich sieben Jahre ohne Frau. Für viele war es hohl und dumm. Ich brauchte aber noch Zeit. Mit meiner jetzigen Frau und durch den Glauben konnte ich dann sogar heiraten. Wir haben drei tolle Kinder. Es lief jetzt in die richtige Richtung.

Viele sagen: „Die Zeit heilt alle Wunden." Ich sage dazu: „Jesus heilt auch den allertiefsten Rest."

Gott hat mir vergeben, aber wenn ich meine Frau C. streichle, mach ich das gut, was ich vielen Frauen vorgemacht und angetan habe. Auch wenn Menschen nicht vergeben. Jesus hat mir alles vergeben. Auch ich habe alles vergeben. Allen Kommunisten, auch allen, die mir Gewalt angetan haben.

Zwei Titel von der Gruppe Renft:
„Was noch zu sagen war" und „Ermutigung"

Hatte nun der neue Weg was gebracht? Folgen des neuen Weges:

1. Meine gesundheitlichen Alkoholauswirkungen sind weg.
2. Zigaretten auch.
3. Mit dem Alkoholmissbrauch ist es jetzt vorbei.
4. Ich half bei Alkoholikerarbeit mit.
5. Ich machte ehrenamtliche Knasthilfe.
6. Ich bin in der Bikermission tätig.
7. Ich bin Schlagzeuger und Harpspieler geworden. Heute spiele ich mit vielen Leuten zusammen.
8. Ich hatte neun Monate Bibelschule mit erfolgreichem Abschluss gemacht.
9. Ich machte eine Ausbildung zum Heilerziehungspfleger und bin jetzt schon dreißig Jahre in einer Einrichtung für Menschen mit Behinderung. (Früher konnte ich es nicht lange auf einer Arbeitsstelle aushalten.)
10. Habe Zertifikat des Nährstoffberaters gemacht.

Viele sagen: „Ich kann mir nicht vorstellen, dass du so warst." Das ist mir aber egal! Ich weiß, was war und dass Jesus lebt!

Für die neue Zeit gibt es viel zu berichten, aber vielleicht bei einem zweiten kleinen Buch.

Lebe heftig, lebe intensiv, stirb jung?

Im Nachhinein muss ich sagen, dass ich so extrem drauf war, lag daran, weil ich als junger Mensch auf der Suche war und viele seelische Verletzungen hatte. Der Staat, Eltern und Familien wollten mein Sein vorgeben. Doch mehr Schein als Sein ließen mich andere Wege gehen. Die Kundenphilosophie half mir durchzukommen, als junger Mensch gab ich mich sehr bewusst hin. Ich meinte es total ehrlich. Aber es ging nicht mehr.

Man muss aber sehen, dass z. B. Janis Joplin auch extreme Verletzungen hatte. In der Schule wurde sie abgelehnt, was sie sehr verletzte. Musik war eine Sache, mit zu viel Alkohol und Drogen versuchte sie Dinge zu verdrängen. Beim Woodstock-Konzert hatte sie in einem Lied ein Gebet gesungen. Joan Baez bei dem Konzert auch. Vielleicht waren Janis Joplin und andere Musiker Gott näher, als wir dachten.

Aburteilen können wir religiös schnell. War Jesus so?

Leider sind Janis Joplin, Jimi Hendrix, Brian Jones, Jim Morrison und viele andere Musiker zu früh verstorben.

Ich habe extreme Liebe, für die alten Künstler, bekommen, eine andere, als ich früher hatte. Jeder hat seine Vorgeschichte, meine Mutter hatte die schlimme Flucht im Zweiten Weltkrieg überlebt. Dadurch war sie geprägt, hatte Albträume, Platzängste und Unruhe. Mein Vater hatte seinen Vater nicht richtig gehabt, da er im Zweiten Weltkrieg in Sibirien als Gefangener umkam. So hat jeder seine Verletzungen und ist geprägt.

Nur die Liebe überwindet. Auch der Kumpel, der mit Beate am Anfang diesen Vertrauensbruch machte, war geprägt. Er hatte seine Eltern auch getrennt erlebt. So hat jeder seinen Packen zu tragen.

Mit mehr Verständnis, Vergebung, Toleranz und Entschuldigen würde meiner Meinung der Alltag besser aussehen.

Respekt und Mitgefühl ist keine Schwäche, sondern Stärke.

Liebe und Respekt.
Ritchie später Ron

Begriffserklärungen

1. **Männer von der Trafo** – Leute von der Bahnpolizei, hatten meistens dunkelblaue Uniformen, normale Polizisten trugen grüne Uniformen
2. **Südstaatenfeten** – hatten mit rechter Einstellung nichts zu tun, es ging um Musik, meistens um Bluesrock wie z. B. von ZZ Top und Lynyrd Skynyrd
3. **Kunde bzw. Kundenszene** – Hier ist eine Szene von Jugendlichen gemeint, die meistens Kletterschuhe, Jesuslatschen, Flickenjeans, meistens von Levis, Lee, Wrangler anhatten, wer Glück hatte, dazu die jeweilige Jeansjacke. Dazu kamen M65-Jacken, Shellparka, Thälmannjacken, Motorradjacken, Fleischerhemd und Hirschbeutel. Wir hatten im Winter auch lange Filzmäntel an oder lange Ledermäntel.
4. **Hirschbeutel** – wurde genäht aus dickem Wandstoff, wo Hirsche und Naturmotive drauf waren
5. **Keete** – Freundin, junge Mädels (Frauen)
6. **Schichties** – abfälliger Begriff über Arbeiter, die z. B. drei Arbeitsschichten, nach Hause gingen, Kneipe und wieder zur Arbeit, also Opfer des Systems. Oft sagen wir auch Töpfe, Loschkas, Harries oder Krischofs
7. **Penne** – Schlafunterkunft, notfalls Steinboden
8. **Matte** – lange Haare, oft wurde von uns gesagt, Hecke, Blatt, Brett. Für die Kundenszene waren lange Haare sehr wichtig zum Ärgernis von Partei, Stasi und Spießer

9. **Ostkletterschuhe** – waren aus braunem Leder hergestellt, zum Klettern gut, Kunden zogen sich auch so an, machten am Hacken meistens jeweils noch einen Absatz ran
10. **Thälmannjacke** – längere Lederjacke, sie stammte meistens aus dem II. Weltkrieg oder den Nachkriegsjahren, sie war dunkelbraun und kultig, wir waren nicht links aber auch nicht rechts, sie sah nur schick aus
11. **Assitum** – ging in den Knast weil er einen auf Assi machte, Leute, die keine Lust hatten zu arbeiten, gingen ab einem Punkt in den Knast
12. **Urst** – Begriff wie toll, schön, stark
13. **Fahne** – auch Armeezeit damit gemeint

Anhang I

Im Anhang möchte ich unbedingt Texte von Wolf Biermann erwähnen.

Als Christ sehe ich jetzt einige Dinge anders, aber für uns brachte er damals Hoffnung.

Wolf Biermann war Liedermacher in der DDR, sehr kritisch gegenüber Staat, SED und System. Er war selber Kommunist, trotzdem wurde er damals in der Diktatur verfolgt und ausgebürgert.

In unserer kleinen Nische war er wichtig. Der Alltag holte uns schnell wieder ein, trotz Deep Purple und Jimi Hendrix. Jeder sollte sich mit Wolf Biermann und der DDR auseinandersetzen. Auch heute sind viele Leute nicht in der Lage andere Meinungen stehen zu lassen.

Wer schreit und mit Gewalt etwas erreichen will, ist auf einem falschen Trip. Er sollte überlegen, ob er mit seinem Tun nicht blind Handlanger ist, vielleicht sogar des Teufels.

Wolf Biermann hat jetzt wie Eric Clapton, Bob Dylan (zum Ärger einiger Freaks, auch Form von Spießerhaftigkeit) die Tür zum Glauben gefunden. Er hätte vor Jahren selber nicht damit gerechnet.

Auszug aus dem Gedicht von Wolf Biermann:
„Die habe ich satt!"

3 Was haben wir denn an denen verlorn:
An diesen deutschen Professoren
Die wirklich manches besser wüssten
Wenn sie nicht täglich fressen müssten
Beamte! Feige! Fett und platt

-die hab ich satt!

5 Die Dichter mit der feuchten Hand
Dichten zugrund das Vaterland
Das Ungereimte reime sie
Die Wahrheitsscher leimen sie
Dies Pac ist käuflich und aalglatt

-die hab ich satt!

Aus „China hinter Mauer" von Wolf Biermann

Sag bloß mal einen Satz
Dann kriegst du einen vor den Latz
Die Freiheit ist ein toter Spatz
verfault im Vogelbauer
Und wer, mein Freund, wirst du geschasst
Hat mal ein Spitzel aufgepasst
Und wo verfaulst du dann im Knast??
In China! In China!
In China, hinter der Mauer

Wegen solcher Textweitergabe und Kontaktaufnahme zur BRD-Botschaft, ist ein Freund über 1 1/2 Jahre politisch ins Gefängnis gegangen.

Ich möchte nicht nur Wolf Biermann danken für seine Arbeit, sondern auch diesem Freund danken, der für unsere damaligen Ideale sich in Gefahr gebracht hat und sogar dafür ins Gefängnis gegangen ist.

Quelle:
Wolf Biermann. Für meine Genossen – Hetzlieder, Gedichte, Balladen, Berlin 1976; Verlag Klaus Wagenbach

Anhang II

Hier nun einige Bands und LP-Namen, die uns damals halfen in andere Bereiche zu kommen. Ich sehe jetzt einige Sachen anders, aber damals half die Musik ungemein.

Vergiss nicht Deine Herkunft und Vergangenheit, aber schau jetzt nach vorne, auf Jesus, er hat jetzt was Tolles vor.

1. Deep Purple Made in Japan (das 1972 Konzert)
2. Deep Purple Made in Europa
3. Santana Live at the Filmore '68
4. Santana Live The Woodstock Experience
5. Rory Gallagher die Livesachen z. B. Irish Tour
6. UFO Live Strangers in the Night
7. Iron Butterfly In-A-Gadda-Da-Via
8. Free Live! LP
9. Jimi Hendrix Live at Woodstock und andere Live LP's
10. absoluter Hammer Uriah Heep Live January 1973
11. The Doors in Concert und die anderen Live LP's
12. Ten Years After Recorded Live
13. Lynyrd Skynyrd One More From The Road
14. von Cream alle Live Sachen
15. Live Titel von Eric Clapton
16. ACDC – Live Titel mit Sänger Ben Scott
17. Led Zeppelin LP's besonders die Live LP's
18. Neil Youg & Crazy Horse Live Rust
19. Livin Blues LP Live
20. Frumpy Live LP

21. Von Amija Blues Collection
22. Woodstock und Atlanta Popfestival Alben
23. ZZ Top LP's
24. Mountain Livemusik

Einige habe ich bestimmt vergessen.

Kettenreaktion in der Familie

Zu meiner jetzigen Ehe ist zu sagen, mit meiner jetzigen Frau habe ich echt Glück. Wenn sie zum Frauen-Sport oder Gemeindekreis geht, weiß ich, sie kommt treu zurück. Hat mich früher echt belastet das Thema Fremdgehen. Das bringt echt Unsicherheit ins Leben. Treue ist eine wichtige Säule in der Ehe (Beziehung), genauso Liebe. Nicht die Selbstsüchtige, sondern die gebende Liebe. Also zu schauen, was braucht der Andere, mein Ego ist sekundär. Der Schlüssel für eine Ehe ist nicht Sex, sondern Liebe und Respekt. Es ist ein einfacher Kreis. Die Frau gibt dem Mann mehr Respekt, dann wird der Mann ihr mehr Liebe geben. Gibt der Mann der Frau mehr Liebe, dann wird die Frau dem Mann mehr Respekt geben.

Der Mann spricht besonders auf Respekt an, die Frau besonders auf Liebe.

Sicher es gibt noch andere wichtige Unterpunkte, wie z.B. dass man mir der eigenen Meinung wartet sie zu äußern, bis der richtige Zeitpunkt ist. Oder wenn die Frau von der Arbeit kommt, zuhören und nicht unbedingt die eigene Meinung gleich kundtun. Die Frau erzählt oft 2-3 Mal das Gleiche, will nur erzählen und der Mann will gleich die Konfliktlösung bringen, seinen Senf abgeben. Oder ist ungeduldig, bis seine Frau fertig ist, damit er seine Sportübungen machen kann. Auch Intimverkehr ist feinfühliger als wie die Medien oft einen weiß machen wollen. Da muss man aufpassen, um nicht wieder vor dem Aus zu stehen, weil man einfach zu selbstsüchtig ist. Wenn die Frau gestresst ist, möchte sie oft nur gestreichelt werden. In der DDR war auch der Spruch in: „Den biege ich mir schon hin."

Echter Schwachsinn, wenn Sachen auftreten wie Zahnpasta immer offen, muss man reden, ansonsten wenn der oder die Andere es nicht packt, liegen lassen, bzw. offenlassen. Der Andere ist volljährig und kann seinen Stuhl unaufgeräumt lassen.

Die echte Liebe kann den Partner so lassen, wie er ist. Mehr auf die guten Sachen schauen, als sich auf die unwichtigen zu fokussieren.

Zur Kindererziehung ist zu sagen, loslassen, die Kinder werden sich immer mehr abnabeln, es kommt die Zeit da gehen sie ihren eigenen Weg. Sie haben das Recht eigene Erfahrungen zu machen, auch schlechte. Schlechte Erfahrungen sind manchmal nötig, um weiter zu kommen. Das eigene Kind gehört uns nicht, wie ein Dackel.

Die Eltern sollten sich später nicht reinhängen. Warten bis man gefragt wird. Natürlich sieht man heute wie frech Kinder sind, kein Wunder wenn Opa und Oma reinpfuschen. Ansonsten gilt nicht 4 vor 2. Also wenn sie gefahren werden wollen, müssen vorher die Frechheiten abgelegt werden. Ein weiteres Problem heute, der Vater sagt: „Hü", die Mutter sagt „Hop", oder man hält sich ganz raus, weil der Partner zu dominant ist.

Der Autor

Ron Richie genoss in der DDR eine SED-Stasikindeserziehung. Er brach nach traumatischen Erlebnissen wegen der Eheprobleme der Eltern und Zweifeln am Staat aus. Er ging am Anfang der 10. Klasse in der DDR-Hippie-Szene mit langen Haaren auf und kam nach Gewalt- und Alkoholexzessen an seine Grenzen. Er bekam nach evangelischen Gottesdiensten und Bluesmessen neue Hoffnung für sein Leben, überwand Schritt für Schritt Traumen. Er war in Harley- und Musikszenen unterwegs. Verschiedene ehrenamtliche Sozialarbeiten kamen zum neuen Lebensinhalt dazu.

Der Verlag

> *Wer aufhört*
> *besser zu werden,*
> *hat aufgehört*
> *gut zu sein!*

Basierend auf diesem Motto ist es dem novum Verlag ein Anliegen, neue Manuskripte aufzuspüren, zu veröffentlichen und deren Autoren langfristig zu fördern. Mittlerweile gilt der 1997 gegründete und mehrfach prämierte Verlag als Spezialist für Neuautoren in Deutschland, Österreich und der Schweiz.

Für jedes neue Manuskript wird innerhalb weniger Wochen eine kostenfreie, unverbindliche Lektorats-Prüfung erstellt.

Weitere Informationen zum Verlag und seinen Büchern finden Sie im Internet unter:

www.novumverlag.com